美 的 人

BEAUTY & GROWTH

邱伟杰 著

四川文艺出版社

图书在版编目（CIP）数据

美的人／邱伟杰著. — 成都：四川文艺出版社，2018.4（2018.12重印）

ISBN 978-7-5411-5058-6

Ⅰ.①美… Ⅱ.①邱… Ⅲ.①随笔—作品集—中国—当代 Ⅳ.①I267.1

中国版本图书馆CIP数据核字(2018)第049978号

MEI DE REN

美的人

邱伟杰　著

责任编辑	燕啸波	
封面设计	叶　茂	
内文设计	叶　茂	
责任校对	蓝　海	
责任印制	周　奇	

出版发行　四川文艺出版社（成都市槐树街2号）

网　　址　www.scwys.com

电　　话　028-86259287（发行部）　028-86259303（编辑部）

传　　真　028-86259306

邮购地址　成都市槐树街2号四川文艺出版社邮购部　610031

排　　版　四川最近文化传播有限公司

印　　刷　成都东江印务有限公司

成品尺寸　130mm×184mm　1/32

印　　张　6.25　　　　　　　字　　数　80千

版　　次　2018年4月第一版　　印　　次　2018年12月第八次印刷

书　　号　ISBN 978-7-5411-5058-6

定　　价　32.00元

邱伟杰

美

的

人

目录

序　言　你是美人 / 001

第一章　梅魂就是美之魂 / 005

美的精神，就是坚守净度和零度的自我，相信这种精神先于美的外形而存在，矢志不渝地，不离不弃地，按照这种精神去提升。如果你放下心来，相信自己原初拥有的最好，那么你就获得了净度和零度。这就是中国传统中一直说的孤冷。

第二章　初　樱 / 021

记得羞涩，保留一点羞涩，是保持长久动人之美的秘诀。

第三章　桃之夭妖 / 039

妖精在当代生活中的道德层面尽管是贬义的，但在审美层面依然是令人望尘莫及又趋之若鹜的。哪个女子心中没有一个妖精呢？

第四章　花似茶 / 055

第四章　花似茶 / 055

当垂暮之年，你的满头白发，正似茅花银白，白得没有杂色，如云如雪，这才是真的茶色。那时候你的心肠已经很硬，那时候你的心肠实际上很软。你又读懂了儿时的天真，你顿时沉陷在暮光中回到襁褓。你贪恋生，也准备死，你渐渐地视死如归。

第五章　枯骨生天浆 / 069

第五章　枯骨生天浆 / 069

美是需要养的。美不是用于消费和生产的，美是一场无穷无尽的投资。甘美的石榴，靠着僵石和枯骨荣发，那么人的美，又靠什么滋长呢？

第六章　染者净 / 083

第六章　染者净 / 083

美是一种命运，终究要由浅薄而深厚，单调而丰富，单面而多面，你只消走完这些步骤，自然就会丰满到无缺。无缺而不存在缝隙，也就是虚空了，也就回到了零度和净度。既命定如此，你还分别什么呢？！

第七章　合欢蠲忿 / 101

第七章　合欢蠲忿 / 101

美是需要节奏的，节奏就是快慢，就是秩序。当你懂得退让和低调的节奏时，那么接下来你就获得了释然。

第八章　有鬼的花 / 115

魅字，原与"魑"连用，是指山妖，"山林异气所生，为人
害者"，"人面兽身四足，好惑人"。魅力是有度的美，这
个度没有把握好，人就要沉陷进去，不能自拔。

第九章　花中隐士 / 131

菊花是花中的隐士，美中的藏品。藏品要深藏细养，要放慢
时间，要经得起岁月的梳理。待珍品养成之时，美的光泽，
就像沉香一样，汩汩而出，不绝不止，只会更浓郁，更芳
醇，而不会一闪而过，昙花一现。

第十章　芦似霜雪 / 145

芦花如棉，芦花似霜雪，芦花是胸中回肠荡气的波澜。春的
颜色和夏的鲜明顿时消失了，像一场集体褪色，渐渐淡去，
有次序地消隐，直到洁白，直到无色，直到透明。

第十一章　醉与毒 / 161

美的事业真的就是一场旷日持久的战斗，它需要无尽的弹

药、反复的演习、不同的恶境来锤炼。所以，美，绝对不可能用心灵美、气质美、有文化、有修养这些疲软的概念来自欺欺人。

第十二章　自怜的美仙子 / 177

孤独是主动的，被动的叫作寂寞。寂寞是不甘的，是寻找到同类之前的单独状态。孤独是不管跟你们同不同，都要做一次隔绝，用隔绝来静养生息，来将已经获得的内质提纯、积淀、析出。

你是美人，你原本就是美人，但入世的灰尘将美遮蔽了，你渐渐看上去没有那么美了。

我写《美的人》这样一本书，是为了提出一个观点：本来美。

本来美并不意味着本来就美，什么都无须再做了。

本来美是一颗天赋的种子，种子需要浇灌培植，这就是美的成长。只是成长的方向至关重要，如果我们上来没有看清人本来美的事实，那么，再大的努力都会是南辕北辙、缘木求鱼。方向大于努力，本来美的发现，正是确立一种根本的方向。

本来之美并不完善，从天然生出的东西都有长短缺溢，成长就是修缮短缺又平衡不足与过度的。当今世界，科技日新月异，再加上互联网的沟通，信息已经爆炸。在这个时代，我们所面临的不幸，是成长的速度在加快，快到目不暇接；而在这个时代幸运的是，一切成长的手段，无论从多样性还是从选择性等多方面来说，都是前所未有的。我们获得了一种超越前人、超越过去时代的极大方便。

本书以十二个月的花品，来分章分节地讨论美的内容、质地和美的成长的方式、阶段，着重于美的呈现、效用和实践，并不做道学的劝诫和概念的堆砌。美就是美，是实际而硬性的，无关乎"心灵美"、"内在美"

和"气质美"。我反对在达不成美的事实之际，用空洞的心灵高尚来自欺欺人。谁愿意将善良的"高尚"留给自己，将邪恶的"美丽"拱手相让？再说，谁是高尚和邪恶的审判者？美可以量化，可以细微体验，而高尚和邪恶只是社会相对的定性。我曾经也提倡礼信仁义智，也从修养的方面劝导别人，鼓励自己，但如今我发现，这些规矩只是他人美的结果，却无关乎美的成长的动力。所以，我仍然坚持相信礼信仁义智，但同时我更注重如何达到这五种好的品质。

当然，本书不会涉及道德层面的讨论，本书集中讨论的是审美体验和成长方式。做实际的研究，提供有效的方法，打通矛盾冲突的各方关节，将传统和当代的经验做一次贯通，才是本书努力的着眼点。

种子有强有弱，有红有白，方式却没有高低贵贱，凡是适合种性生长的，都是好方式。纯真的保养，妖冶的展露，艺术生活的行为，全息动态的整合，魅力张力的布局，收敛和质朴的大雅，以及毒与恶的开凿，直到孤独与升华的封存，等等，究竟其中哪一种方式适合你，哪一种范畴是属于你自己的耕种美的种子的田地呢？你或者笑我癫狂荒谬，赞我乍现灵光，你也或者因此获得启迪，激发出更优越的智慧，去另辟美的事业的路径。书是承载学问的媒质，它究竟好与不好，并不在于它有多么精彩，而在于它对你有多少帮助，给了你多少实际的用处。

但愿此书既让你发现自我本身的美，也祝福你永远是美的人！

第一章
梅魂就是美之魂

梅花，总是在叶子还没有生出来的时候就开了。

人生出来就是美的，人生出来就是丑的。美和丑并生，才是真实的人。

没有叶子衬托的梅花，就像没有装扮的素颜，赤裸裸呈现本来的美。这样的美，在凛冬之日没有被摧残，证明了我们天生就被赋予美的精神。美的精神就是美的本质，与生俱来，每一个人在降世的时候都拥有一份。但每一朵梅花都不是完美的，都有残缺，也都有生气。

人的美也是这样的，或短或长，十个指头并不一般齐。

梅有瘦的，有硕大的，有赤艳的，有玫红的，更有暗香浮动的，也有寡淡无味的。就像人的性情，勇、怯、急、缓、直、曲不一；就像人的身形，高、矮、腴、纤、宽、窄不同。但哪一样都是特别的，都是无可替代的，都是天赋质地的纯净美丽。说香的更好，难道红的就不好吗？说高的秀丽，难道小巧的就不玲珑吗？所有的天赋都是绝对的，但所有的评判又都是相对的。勇武生出英气，怯意生出婉转，在不同的角度和不同的境遇中，任何一面都是对另一面的超越。然而木秀于林，风必摧之，高冷的孤独也蕴藏着凶险。没有一处优点是绝对的优势，也没有一处缺点不蕴藏着好处。

本来的，都是美丽的。只是我们常常忘却本来的面目。来了一阵风，将花瓣吹落了，我们看到残缺的梅花；飘来一片灰，将红色遮蔽了，我们看到染脏的梅花。生活和社会就像风尘，将梅花本来的样子改变了。

如果我们失去了本来的质地，扭曲了本来的样子，由着入世的积习将本性遮蔽了，那么天赋之美就无法显现，就变得怪异和丑陋起来。所以，美的追求，其实并不是将既存的样子改变，而恰是努力去除尘灰，回到本来的样子。

太多的人，记不起原来天赋的美丽，总以为添加、遮盖或改造现在的样子，就会变得美好。其实，当尘灰已经蒙蔽本质之时，一切改变之举只会让尘灰一层覆盖一层，变得更厚更沉重。那么，去除尘灰，回到本来，就一切都完美了吗？事情并没有那么简单。去除尘灰，恢复本来，只是认识的开端。本来美只是种子，种子需要浇灌培育才会成长。如何浇灌培育，如何在成长中壮大，都是关于美的学习和实践的重要步骤。在下面的章节，我会围绕着这个话题不断展开，这里，我只想就美的本质先进行探讨。因为，只有认识到美的本质，才可能对美的发现、美的驻守、美的成长和美的结果有真实的理解和作为。

净度和零度

宋人黄庚写《梅魂》："的的孤芳冰气魄，疏疏冷蕊雪精神。"意思是说，梅花好比美人的魂魄，而这魂魄是孤冷的。这就是对梅的精神的阐释。

什么是美？它首先是一种精神，这种精神没有附加，连绿叶都还没长出来，枝头还是空荡的时候，梅花就先绽放了。那么，梅花就是纯粹的象征。先有美的精神，才有美的骨肉。所谓孤冷的精神，不要单从孤独和冷傲去理解，应更多去体味净和零，净度和零度，意味着本来未受污染之前的原生态。孤冷的精神，并不是用态度和立场来支持的。孤冷，仅仅是起点。不要小看起点。如果连起点都没有，如何伸展出去呢？美的精神，归根结底是一种起初的存在。我们说，不忘初心，这四个字能帮助我们理解另四个字，就是不忘初性。起初你来到世间是怎样的，你就是怎样的。你的命运只是放大这种怎样，而不是出离这种怎样。你的悲剧是忘记了你的初性，在社会生活中跟着文化和环境的态势去追随他人的要求。是的，也许社会正流行修长的身形，但身高不够的你，哪怕增高，哪怕接骨，都无法改变你因添加尺寸而带来的窘迫和尴尬。与其尴尬着具有高的尺寸，不如自由地在原来的尺寸中张扬纤巧。美的精神，就是坚守净度和零度的自我，相信这种精神先于美的外形而存在，矢志不渝地，不离不弃地，按照这种精神去提升。如果你放下心来，相信自己原初拥有的最好，那么你就获得了净度和零度。这就是中国传统中一直说的孤冷。因此，人人在自己的起点上，以这个起点为中心，都将是感人而不屈的。冰的气魄和雪的精神由此贯穿你一生，你将立于不败之地，将获得不可战胜的力量去左右别人的评判。

抽象和具体

人说海伦是古希腊最美的女人，美得惊天动地，绝伦无比，以至于特洛伊和希腊两国为她打了十年仗，然而，两国人民和贵族却都无怨无悔。海伦究竟有多美呢？《荷马史诗》中并没有正面描述她的形象。然而，荷马全部的史诗就建立在海伦的美之上。在史诗中，有这样一个场景：当战争进行到第九年时，希腊联军兵临城下，特洛伊危在旦夕，特洛伊的长老们坐在望楼上，他们看见海伦来到望楼上面，便彼此轻声说出有翼飞翔的话语——两国的男人们为这样一个女人流了许多血，没什么可以抱怨的，啊，她看起来就像是永生的女神。

德国人莱辛说："能叫冷心肠的老年人承认为她打仗是值得的，有什么比这更能引起生动的美的意象呢？"所以，他认为，后世对海伦之美的细细描绘，封杀了人们的想象空间，是非常愚蠢的。

有一个画家叫伊夫·克莱因，他画了一幅画，只有纯纯的蓝色，并无任何具体的形象和线条，有人说，这就是海伦的美，这种蓝被称作"克莱因蓝"，也称作"海伦蓝"。海伦的美，就好像希腊的天空、希腊的海，纯澈无底，没有杂质。

这显然是一种抽象，可以用后世人们的想象去无穷填充。人本来应该是这样的，但从抽象降生到具体，多少就有些偏离。就好像我们意念中的树是一棵完美的树，而具体到我们看见的树，每一棵都那么不一样。这就是抽象和具体，也就是理想和现实。它们之间是有距离的，但再远的距离，都存在着相互对应得上的部分。

所以，本来之美是一种精神，一种理念，一种抽象。每个人从根本上都以此作为衡量美的标准。

说潘安有多美呢？潘安外出，所到之处，女孩子们只要看见他，就都争先恐后地跟着他，给他送花，给他送水果。每次空车出去，回来后车上已经装了满满的花和水果。

宋玉有多美呢？从他的《登徒子好色赋》中可以知道，宋玉的邻居家有位绝色美女，这位美女美到什么程度？身材婀娜，肌肤如雪，腰细齿白，但就是如此美艳的女子，每天都要偷偷趴在墙上偷看宋玉，而且一连看了三年。

那么，卫玠又有多美呢？史书上记载，他面似桃花，白若凝脂，人称"璧人"，就是如白玉璧那么洁白酥润。又说他体弱，二十七岁那年出去玩耍，被一群女子团团围住，她们争相欣赏观看，他生生被吓住了，回去后不久就得病死了。

这样的美，似乎具体了些。其实，但凡我们可以看见的美都是具体的，具体来自于抽象，以抽象为标准各自出落得有差异。差异就是淡一点的、浓一点的克莱因蓝，就是这里深那里浅，这里干净那里染脏的海伦蓝。不论怎样蓝法，底色总是蓝。所以，一切以蓝为出发为标准的多种差异蓝，都是蓝，都是美，即与理想有距离有差异的美。我们未生之前是抽象的，我们一生下来就是具体的。所以，海伦也是具体的，只是她所处的年代，史诗中的敌对两国将她的具体认作为抽象，认作为理想的美。这就产生了一个可能，即我们每一个来到这个世上的人，按照自己的具体都指向理想，却不指向别处。那面似桃花、白若凝脂的璧人，是一种极为具体的存在，或者在今天，这样的男子不会被看作有多美，甚至大众认为这是一种"娘炮"一样的残缺。是啊！具体是相对的，此一时彼一时，好在再怎么不可确定，都确定指向抽象。

我这么将美从抽象下降到具体，又从具体论证其指向抽象的必然性，都是为了说明人与生俱来的长短都是与理想中的标准的距离和差异，但归根结底都是来自于抽象的理想，来自于梅的精神。

因此，不论你高矮胖瘦，都是不足的、残缺的、过度的、剩余的美。本来美就是这样的，它是具体的美，是在岁月和环境的相对中沉浮的。于是，人人获得了机会，获得了去靠近抽象的理想标准的机会。

残缺和过头

罗丹曾接受了法国文学家协会的一份订单，为已故文学大师巴尔扎克塑像。有一次，另一位雕刻家布尔德尔来拜访他，看到罗丹塑造的许多巴尔扎克雕塑中，有一件的手被塑得十分精彩，不由得赞叹不已，并久久地凝视着这双手。罗丹发现了这个情况后，做了一件人们意料之外的事情——巴尔扎克原本完美的手消失了。他砍掉了那只手！

这是一则众所周知的关于整体和局部美的故事。但无论整体多么重要，我们最终看见的却是一件没有手的塑像，即一件残缺的作品。残缺会是美吗？

我有一个朋友，喜欢唱歌。一次在酒吧里说最近自己写了一首新歌，便唱给大家听。真的很好听的新歌，令人喜出望外的美好。但接着，他又唱了一遍，大家显然热情就没有那么高了。然后，他再唱了一遍，一共唱了三遍。第三遍的时候，应者寥寥，大家似乎已经有点烦他了。这就是过头，所谓审美疲劳了。

残缺令人遗憾，过头冲淡了精彩。

我举这两个例子，不是为了说明适中和不偏不倚的中庸之道有多好。我只是想说，我们总是难以避免此身存在的不足和过度。因为存在就是具体，生命就是具体，凡是活着的事物总是残缺和过头的。本来美也是这样，总是带着这里的残缺和那里的过头降临世间的。所以，正像本章开头时我所说的，人生来美，也生来丑。或者我们按照美的精神的定义来看，丑是不存在的，只是与美的理想相差甚远的一种美。那么，实际上，一切生命体，总是以近于理想和远于理想的真实情况出现的，这种近和远广泛存在于一切方面。我们做不到让现实等于理想，但我们可以调整现实与理想的远近关系。当这种关系发展到协调、得当之时，美的结果便产生了。瑕不掩瑜，瑜不掩瑕，浑然一体。

主张本来美，是为了突出这样一种观点，即无瑕之瑜或去瑕之瑜是不存在的，是妄想。人朝着美和更美的方向靠拢，是在承认残缺和过度的本来条件的基础上所做的努力。离开本来美，就是离开美的理想和精神，就是离开存在和先决的长短不一的条件，就是灭亡。

一切外在的、后来的、他人的、社会的资源，都可以为本来美的发育成长以及结果所用，但仅仅是所用，绝非所是。是只有一个，就是你的存在。你怎样来的，就将怎样去，你不可能违背你的条件而做硬性改变，你只能按你命中所给的基因放大或者缩小，并在成长的运动中应时应地地去协调好放大和缩小。

这是从本来美出发的美学观，相信美的精神，相信美的条件，相信可以借助各样推力来驻守和焕发美的成就。

本来美发自于美的精神，但与美的精神保持着距离。我们需要调整好距离，在适当的距离中成为美的人。

第二章

初　櫻

南宋诗人曾有诗句"初樱动时艳"，樱花一出便艳，或者樱花在风中拂动而娇艳。

　　又有赵师侠的《采桑子》写道："梅花谢后樱花绽，浅浅匀红。"

　　在春天里最早开放的樱花，常被用来比喻春心，象征爱情。因为它淡雅、素洁、纯净。樱花不似梅花的孤冷，也不像牡丹的浓烈，它似有若无的色泽仿佛从雪中淡入，又像天使红的珊瑚，粉嫩羞怯。

每个人真正与人世初遇时，都会羞怯。羞怯是因为陌生、害怕，又难以回避。生生地进入人群，生生地与不同于己的人照面，遭遇尴尬，不知所措，因生而涩，因生而疼，但并无遮掩，寻不到保护，只能赤裸裸地暴露在人前。这就是一种羞怯的美，稚嫩的美，单纯的美。

单纯因为羞怯而得到证明。

初樱就是这样一种美，在与春天最早的相遇中呈现。

东方人极喜欢这样的美，男人从少女身上寻找害羞，女人从男子身上寻找沉默。然而，初樱的花期是短暂的，短暂而决绝。如果风尘弄脏了它，零落成泥碾作尘，它就失去了价值。所以，日本人拿樱花来象征武士坚贞的品格，也拿樱花来寄托男女纯洁的爱情。

有一个故事是这样的。说樱花本来是白的，樱花之精看见一个随舟漂泊而来的异乡男子，便从树上下来，化作一个曼妙少女，少女尽管知道他总有一天要返乡，但还是爱上了他。在短暂邂逅相处的日子里，他们日日夜夜在樱花树下说话，相拥相亲，他们尽情享用属于他们的每一天。终于有一天，男子告诉少女，他不得不走了，女子只说了声"哦"。很多很多年以后，男子回到樱花树下，可是少女已经死了，知情的人告诉他，少女死时留下遗言，说要用她伤心的眼泪将樱花哭红。男子对着樱花说："你为什么要死呢？我说好要回来的，我真的回来了！"说罢，拔剑自刎，他的鲜血与她的眼泪合在一起，将樱花染红了。在这个故事里，白色的樱花隐喻纯洁，而红色的樱花隐喻爱情。爱情是死亡，以死亡达到永生，将红色传下去，令世人年年岁岁可以看到。

东方人追求一种干净而决绝的美，其实那不过起于一种对陌生的不置可否，它需要羞怯来证明。

初樱是美的种子，美的种子是单纯的。

我们每一个人都是从单纯出来的，在成熟人生的历程中不断返寻这种单纯，不惜重金追索这种单纯，越成熟越向往单纯。这说明我们内心有一股强大的力量在牵扯着人生回望。人生不是前进的，恰恰相反，却是回望的。所有前进的努力，都是为了回望，回望初樱的美丽，种子的单纯。

单纯是美丽的，但同时是可怕的。单纯的心理难以战胜陌生的遭遇，在以羞怯和尴尬来对抗"异物"时，往往不置可否，以至于自害自杀。比如麝这种动物，当它发现猎人追击它时，会咬掉麝香。还有海底的鲸，当它们听见陌生的声音时，往往会选择集体自杀。陌生的触碰，会让含羞草卷起来；陌生的冲撞，也会让有些人羞得想寻死。所以，大和民族的武士抉择剖腹自戕，从潜意识层面上来分析，也跟初樱的羞涩不无关系。生理和心理的羞涩，导致文化和精神的羞涩。羞涩，就是把自己藏起来，藏到一个自己都看不到自己的地方。这个谁也看不见的地方，难道还有比死亡更隐秘的去处吗？

而人们，大多数东方人，都居然向往这样的美丽。

当然，在现实生活中，向往这种美丽的人并不希望他钦慕的对象自杀，他只是想看见这种自杀终极的最浅层指向，那就是羞怯，生涩。只有单纯的人，对世界充满陌生感的人，才常常羞涩。而入世已久、经事老练的人，几乎已经忘记羞涩的感觉。人们从根本上是不喜欢熟门熟路的，也不喜欢圆滑沉着。所以，记得羞涩，保留一点羞涩，是保持长久动人之美的秘诀。

唐诗中有这么一句："昨日南园新雨后，樱桃花发旧枝柯。"树枝已经老了，老得很久了，但樱花可以是新的，一轮又一轮新鲜的。其实人生也是这样的，陈旧的身躯早就不堪重负，但初樱的种子并没有败坏，它只是随着岁月深植在生命的根底，它需要被唤醒，哪怕醒过来一时，这一时将激发全身的美，异乎寻常的美。

你在老年的时候遇见过青年的自己吗？你还记得

你曾经从太过善待你的人身边逃跑吗？你为什么看见少男少女痴情热恋就落泪？是什么让你在隆冬的夜晚突然出门，绕着环城公路彻夜独步？你已经心硬很久了，可是你抬头忽然看见满树的樱花盛开的时候，竟然泣不成声！庞德的诗《地铁车站》写道："人群里忽隐忽现的张张面庞，黝黑沾湿枝头的点点花瓣。"

　　或者我们已经不习惯羞怯地对待事物，但初樱般美的种子是不会死去的。如果你相信自己是美丽的，并执着于美丽与生命共存，那么，你总会适时唤醒那颗种子，依靠种子去生长去突破眼前的困境。美就是这样一种事业，总要拨弄老茧和厚壳，以摇动在它们底下的生疼。我痛故我在，疼痛是活着的证明，疼痛与美丽并生。如果你再也不会疼痛了，完全麻木了，不仅自己遗忘了羞怯，甚至也不懂他人的羞怯，那么你就死了。而这样的死，并不是单纯的极致带来的坚贞，这样的死是耳聋目盲、机体和精神的毁灭。其实是没有黑暗的，黑暗是给光明留出的空间。其实也是没有丑陋的，丑陋是承托美丽之轻盈的底座。

在日本，还流传这样一种说法。说有一个仙女叫木花开耶姬，某年十一月从冲绳出发，一路经过九州、关西、关东等地，来年五月份抵达北海道。她一路行走一路播撒种子，凡她经过的地方日后都长出了樱树，盛开出樱花。人们为了纪念她，就叫她樱花仙子，而这就是日本国作为"樱之国"的来历。

这个传说是关于种子的，非常切合我们本章的话题。初樱，就好比美的种子。没有种子，美如何发端呢？

初樱的种子，至少在东方包含了这样的信息：单纯，为了保护单纯，选择拒绝异端。拒绝的两个极端，一是害羞，一是自绝。美之生为疼痛，而美的代价是死亡。

然而，单纯是有不同质感的，每一种质感呈现的意象也是不同的。

单纯的清澈，这个比较好理解。清澈见底，什么快乐、难过、欲望、愤怒都毫无掩饰，从眼睛里、举手投足间赤裸地流露。你看那些西方橱窗里的广告，男女模特并未见得有多好的形容硬件，这个眼睛小了，那个脸盘过于骨感，眉毛浓了，下巴颏宽了，都难抵表情和眼神毫无遮拦的纯粹，因纯粹而勃发生机，而个性鲜明。你实际上并不是被相貌吸引住的，吸引你的正是清澈，水一样、水晶一样的清澈。当你对周遭的环境以及人们的议论纷纷无所顾忌的时候，你的坦然是可以胜出的。少男少女经事不多，或许不自觉地就清澈着，而成年人、成熟老到的人如何清澈得起来呢？其实，作为涉世已深的人，没有必要故作姿态去扮演清澈，或者刻意表现清澈。你只要记得那清澈的感觉，并赞美清澈的存在，那就足够了。认同清澈本就等于清澈。人的心念会影响到日常的细节，清澈是非常微妙的质地，它在世故的生活中会以润物细无声的方式慢慢将你的外形盘摩得细腻如沙。

单纯的愚拙

愚拙的，敦厚的，反应并不机敏的，因无感、慢感而表情麻木的，这也算一种美吗？孔夫子的弟子问他，什么是仁爱？夫子回答说，就是说话慢。弟子又问，说话慢就是仁爱？夫子又答，做起来那么难，说出来还不慢点？这就是所谓"讷于言"。讷，在我们中国的传统中，一向是美的境界。因为它与仁爱联系在一起。仁爱的人是有光辉的，光辉缓缓而温暖地照耀他人，渐渐地，这就成为一种光彩。有什么美会大于美的光彩呢？任你多少美的筹措、美的布局，如果不放出光彩，还有什么价值呢？有的人生来愚拙，做什么都比别人慢三拍，可是他像金石一样，像大山一样，像宽阔的河流看不出波澜一样，因愚拙而见安详，而见从容。纯纯的愚拙，惹人心软。

单纯的热情

人群中总有那些一点就着的人，给点阳光就灿烂，什么困难的事挫败的事都在他的热情中冰释。慢慢地，你似乎缺不得他，靠着他获得交流的气场，他不在就不热闹了，也不兴奋了。他的存在将生活中积极的因子推涌起来，成为欢快和信心的保障。李白是这样的人，帕格尼尼的小提琴充满这样的气质，雪莱的吟咏富含激情，徐渭的字画酣畅淋漓。热情，从来不需要转折，一泻千里，横刀立马，潇洒倜傥。没有谁不被热情感染的。当热情出现在生活中，人体就好比导体，将电光和热量传播到他人。或者你并不是热情的人，有时甚至讨厌过分的热情干扰了安静，但你一定有过热情，存在着热情的一面。这样单纯的美好不要拒绝它，可以慎用它，可以悲情万种、沉郁良久，进而在关键的时刻表现出一点来，画龙点睛一般，点到为止。

单纯的忧伤

忧伤，让多少人叹为观止！忧伤会令人难过，但忧伤的表现却令人刮目相看。因为忧伤是一种感情，当人的身上总带有一种忧伤的感情色彩时，人就触动了别人。触动，是最不容易做到的。而单纯的有忧伤感的人，并未刻意去触动人。一切刻意的触动，都会无功而返，就像那些说教的烂电影一样，非常想触动人，但使用了复杂的技巧和繁复的包装，结果适得其反。保持天然的忧伤，因为存在的不如意和经历中的失意，忧伤油然而生。不要去修补它，也不要去怀疑它，让它全然呈

现出来。古人说："小人但咨怨，君子惟忧伤。"忧伤
不是悲伤，也不是怨恨，而是一种高贵的品质，如风信
子一般，是阿波罗的朋友海新瑟斯毙命时伤口里涌出
的花朵。《诗经》中有一句说："知我者谓我心忧，
不知我者谓我何求！"忧伤是需要懂它的人才能品味
的。里尔克的《秋日》中写道：

　　　　谁这时没有房屋，就不必建筑，

　　　　谁这时孤独，就永远孤独，

　　　　就醒着，读着，写着长信，

　　　　在林荫道上来回

　　　　不安地游荡，当着落叶纷飞。

　　这就是一种忧伤。忧伤的人，是美丽的。

单纯的浪漫

我们常常将浪漫理解成虚浮的标签。其实浪漫的原意是传奇，神秘莫测，远方和奇异。一个人有不同寻常的经历，有难言的隐秘，又或者有神秘的经验，这都是浪漫气质不可或缺的因素。所以，浪漫看起来总是远离我们的生活，有时完全在我们的生活之外。远方和异国情调，在熟悉和麻木的生活场景中跃入，会立刻打动我们。我们需要陌生。浪漫也是一种陌生，初樱般的陌生。陌生，从时间上成为间隔，从空间上成为远方。你的奇异在你看来是一种隐秘，一种让你产生不可告人的心理的压抑，而在别人看来，这就是不同的经验。人们需要与日常循规蹈矩不一样的经验，因此，一点点异常，一点点神秘，你要好好保存，它们构成了无限遐想的单纯浪漫。浪漫是一张无目的的单程车票，浪漫也是一次无缘故的离场缺席，浪漫有时是一种意想不到的生硬闯入，浪漫是无法解释也无须解释的突然决定。

单纯的执拗

执拗看起来是一种性格，但执拗而执着，执着而偏执，就是一种难得的精神。其实单纯的人都执拗，无论单纯的清澈、愚拙，还是单纯的热情、忧伤，抑或单纯的浪漫，在根底上都发源于执拗。美作为不同的种子，所谓不同就是根性具有趋向，趋向就是不可逆转的倾斜。种子是靠着这样的倾斜才获得性状的。往暖了倾斜，才获得黄、橙和红的色彩；往冷了倾斜，才获得蓝、绿和黑的色彩。执拗带领你非红即黑地鲜明。执拗是一种力量，是美的动因。任何人，作为具体的存在，都是天赋中的这种动因带着你呈现。如果动因停摆了，美就会损失，就会含混不清，就会被不属于你本来质地的其他质地所掩盖。当然，执拗是伤人伤己的，可是，这世间哪有无伤的美丽呢？

　　初樱，就是这样，这样以疼痛甚至死亡为代价，将不同的单纯表现为不同的美的种子。

　　水皆缥碧，千丈见底。游鱼细石，直视无碍。

第三章
桃之夭妖

夭，屈曲的样子，年少的意思，又指茂盛、娇鲜。夭绍，轻盈多姿的样子；夭妍，美丽妩媚；夭秾，指美貌的女子；夭娜，曲折而婀娜；夭冶，曲软得都快要融化了。

《诗经》有句"桃之夭夭"，就是描写桃花盛开时，光华灼灼的样子。本章我偷换了一个字，是夭妖，而不是夭夭。既然第一个夭是灼灼美艳的意思，那么加女字旁的夭，自然就是灼灼美艳的女子。灼灼美艳的女子，就是妖精吗？是的，古人把有桃花状的女子称作为"妖"。可见，妖是美到可以祸害人的地步的。难怪妖精在当代生活中的道德层面尽管是贬义的，但在审美层面依然是令人望尘莫及又趋之若鹜的。哪个女子心中没有一个妖精呢？

那么，妖的本质是什么？妖的本质就是夭。当我们知道了什么是夭时，我们才知道什么是妖。夭，是大字上一横歪斜了一点，也解释为天曲，即天字歪了一笔。那么，显然这个字的核心意义，在于曲。柔曲为美。凡阴柔的，婀娜的，婉约的，盘绕的，都有美好的姿态，都是美最典型的表现。屈曲柔软，骨头都要软得酥掉了，这就让人走不动路了，不停回头想看，按今天的说法，赚足了"回头率"。女字加夭为妖，可惜没有男字加夭，如果有，也一定是用来形容美男子的。那个影星强尼·德普，喜欢留着长指甲，手执羽毛扇招摇过市，似乎眼下很流行，很讨女孩子喜欢，被称作"一脸花相"的顶级男神。

桃花晚于樱花。如果樱花是美的种子，那么桃花就必定是美的秧苗。种子破土，抽出萌芽，是美的成长的开始。

当我们以美的精神发现本来美，又以本来美的各种不同的性状作为种子，下一步就是如何生长了。生长的第一要义，就是要懂得桃花的品质，懂得桃之夭夭之曲柔之美。

曲柔之美有五性：灵性，弹性，绵性，阴性，阴中之阳性。

灵　性

夭字常与绍字为伴，讲究屈曲而轻盈。轻盈的意思是满而轻灵，不是轻贱的意思，也没有轻浮、肤浅的薄相。轻盈首先是饱满，饱满而轻，生命中不能承受之轻，这是灵性的内在促就的飘扬。灵性是一种敏锐，感受力丰富而反应极快。一望而知，一闻有感。但凡年轻，总是多愁善感的，总是敏感而聪慧的。这就是灵性的内在。有灵性充盈的体质，总是轻巧的。如水，如宝石，如风中的飞燕，如湖底的游鱼。人说少年情怀总是诗，说的就是灵性。保持敏锐，保持针尖的触感，就始终不失灵性。慵懒，是灵性的天敌。一切麻木和迟钝，都是由于拎不住神造成的。往往人在恋爱中是通灵的，眉目传情、感时感地，都来得十分迅敏；而往往婚后的男女都是慵懒的，以为追到手就是永远拥有。所谓婚前小白兔，婚后老母猪。老母猪都是小白兔变过来的。灵性从单纯的种子里长出来，娇贵异常，尤其需要呵护和日日浇灌。

弹　性

柔曲不是绵软，而是富于弹性的韧劲。不是布条那样拖沓的，而是鞭子一样刚韧的。

形容腰身，用软字和细字是不够的，不能引起人的兴趣。"蛮腰"二字是准确的，有内藏的蛮力，又有曲折的柔美。弹性之力，不是刚烈之力。前者用力不断，后者力尽而折。既有力量，又有盘桓的余地，才构成弹性。弹性是在软的范畴里的，但弹性的软不会松弛，不会散乱。就像京剧的唱腔，拖字再长，字头蹦出来的芯子却一直贯穿余音，袅袅不断，绕梁三日。

舞蹈也重视弹跳，而不是一味婆娑。做一根面条和做一根皮筋是很不一样的。都是屈曲，却天壤之别。学着屈曲的样子，没有屈曲的内力，会遭人讨厌。

弹性是你抓不住、控制不住，又一直存在的力量，以柔曲为外在，以不屈为内核。

绵　性

这里说绵性，并不是棉花一样的软性，而是绵长之性，可持续的力量。夭之冶，是需要长久的孵化才能融解对方的。冶是融化的意思。以夭而冶，不是靠极高的温度冲到熔点，而是靠绵性悠长而蒸化。焖之，煨之，长久地从每一个细处瓦解。孔子去见老子，老子说，硬的先去，软的长久。他的意思是说，牙齿硬，反而先脱落了；舌头软，倒一直不坏，还灵转自如。所以，中国古代要求君子像美玉一样，温润而恒久。这个道理，在民间谚语中，就是"抽刀断水水更流"，刀可砍断树桩，却砍不断流水。水不仅软如刀，更重要的是活水长流，绵性无限。

阴　性

阴性，说的是事物中看起来相对消极的一面。日为阳，月为阴。天为阳，地为阴。人体中，背为阳，腹为阴。情感中，乐为阳，悲为阴。男女中，男为阳，女为阴。但是男人也有阴性的一面，完全没有阴性衬托和对比的阳刚之气，显得燥烈而无情。一切美的东西，富于阴性，有大地的丰蕴、女人的多情和情感中的悲哀。阴性的事物因为静止大于运动、冷静大于激昂，总显得优雅而安娴。天中之阴，是顺势，看起来妥帖的样子。阴性不等于顺服，阴性是以顺服的表象来呈现内容，是虚怀若谷的后发制人。就像月亮一样，它选择在黑夜中出现，以清冷的光辉摇动你的思念。

天秫，就是一个阴性饱满浓厚的女子，至阴之体，浓郁的毛发，浓郁的目光，浓郁的表情。

现代人有追逐中性美的。诚然，美是相对的。但无论是阳刚之美，中性之美，抑或阴柔之美，成长中阴性的元素也是不可或缺的。

阴中之阳性

夭属阴性，但更有阴中之阳。"桃之夭夭，灼灼其华。"夭而灼，艳得灼人，有一种难以抵挡的光华，不忍直视。所谓阴中之阴，是柔曲而沉郁；所谓阴中之阳，就好比水面上折射出的阳光。灼灼是一种鲜明，在夭夭的底子上放射出鲜明的光华。

元代姚燧《浪淘沙》道："桃花初也笑春风，及到离披将谢日，颜色逾红。"

李贺诗写道："况是青春日将暮，桃花乱落如红雨。"

即使迟暮了，桃花的品质也不会散去，好似一场红雨，将红色进行到底。

那么，如何在破土中获得夭娆之美呢？

这成长的第一步因人而异。但每个人多少都有一点夭娆。如果你没有夭娆的身姿，如果你没有夭娆的容貌，也许你有一点夭娆的性情。夭娆无关乎性别，也无关乎体质，夭娆是一种品格，美的第二品。第一品是初樱的羞涩。

我个人的经验是，体认到夭娆之美是第一步。然后有这样的体认，便有这样的呼应。不论你是什么样性格的人，做人做事的灵性、弹性和绵性总是有益的。这三性所谓内夭。内夭充盈，必生外夭。外夭就是阴性和阴中之阳性。在现实生活中，清癯、纤细是一种阴柔，丰腴、富态而沉静也是一种阴滞。当然，你可以借助运动、饮食、器械或者持续的限制来加持你的身形，另外，当你的想象力张开之时，这个现代科技大爆炸和传统资源大开发的时代，有更多你想象不到的手段，都是可以帮助你展露阴性之美的。然而现实又是复杂而丰富的，天娆并不是你展露的全部，它只是一个因素，一个元素，它在你解放的美学思想指导下，可以灵活运用。它可以用于发扬光大，也可以用于对阳刚之美的点缀，更可以用于对中性之美的平衡。

所以，思想很重要。美，首先是一种思想。当人的审美思想解放的时候，一个文明发达的时代，还怕无从借助资源和手段来提升自己吗？

埃及艳后克丽奥佩特拉七世，她是用青金石外加黄金来体现天之灼灼的。她的眉线、眼线、睫毛，都是用青金石碾碎的粉末来描画的。

据说，克丽奥佩特拉七世乘坐一艘紫帆银桨的镀金大船，从埃及出发，先到西利西亚，再经后德诺斯河抵达塔尔索斯。这艘船上挂着用名贵的青金石染料染成的紫帆，船尾楼用金片包镶，在航行中与碧波辉映，闪烁光彩。女王打扮成爱神阿佛洛狄忒的模样，安卧在串着金线、薄如蝉翼的纱帐之内。美丽的童子侍立两旁，各执香扇轻轻摇动。装扮成海中仙子的女仆，手持银桨，在鼓乐声中有节奏地划动。居民们见此情景，疑是爱神阿佛洛狄忒乘着金龙来此与酒神寻欢作乐。人们奔走相告，观者如潮。恺撒的将领安东尼被邀至船上赴宴，看到克丽奥佩特拉七世迷人的风姿，优雅的谈吐，神魂颠倒，不知所措。他当即一一答允她所提出的要求，甚至答允她杀害埃及王位的继承人和竞争者。不出数日，这个武夫完全成了她的俘虏，跟随她一起去了埃及。他们在埃及一起度过了公元前41至前40年的冬天。

在青金石和黄金以外，她更是调动了一切可能的手段来成为那个时代的女妖。而她的秘术不在于有多少装饰可用的材料，而在于她深刻懂得桃花之天的道理，即天品。她在那艘船上所铺张的东西，无外乎都是为了展露灵性、弹性、绵性、阴性和阴中之阳性的道具。

我不相信克丽奥佩特拉七世的肉身有多么无可挑剔，甚至我猜想，她不过泛泛然容貌平平而已。但她对美的认识不凡，手段不凡，用心不凡，这就让她总是可以胜出那些实际上比她条件优越的形貌。

这就是我们为什么必须认识天妖品质的缘故。

从初樱到天妖，是一种精进，也是一种解放。质朴而生涩的美是一种底子，在这样的底子上才可能成妖。妖精是怎么炼成的？

子夏问孔子："'巧笑倩兮，美目盼兮，素以为绚兮'，这句诗怎么解？"

孔子说："天生丽质，再施粉黛，光彩照人。好比绘画，先有素洁的底子，然后才好运笔上色。"

子夏说："这么说来，礼，当在仁义之后？"

孔子说："卜商（子夏之名），你能申发我的讲话，不简单啊！现在可以和你谈论《诗经》了。"

在圣人眼里，可以谈论《诗经》了，就是妖精炼成了。

其实，很多人用心良苦之后仍不能成妖的主要原因，一是丢失了素洁的底子，二是不知外天来自内天。徒有展露的深切愿望，徒有展露的杂乱手段，却无视种子和品质的核心，往往会缘木求鱼，竹篮打水一场空。

我写这本书，想要传递一种思想，即美是一种成长，当然也就是一种事业。这项事业的根本，在于首先立足本来美的种子，内观发现属于自己的本来美，从这个起点出发去寻求适宜美的种子生长的养料。这不同于以往认为替代、更改自身条件或者遮盖自身缺陷的方法。在广阔的外部世界，是寻不到美的；但立足自身本来美，又从广阔世界中借助方便来修缮自我，是让美作为有活水源头的自行生长壮大的正途。

一朵花，离开根，被摘下来插在瓶子里，不久就死了。再摘一朵，再摘一朵，你要摘多少花，才能让屋中馨香不衰呢？可是你忘记了，你自己就是一朵花啊！你无须采摘其他花朵，只消给自己添加营养，化妆的，修饰的，学识的，健美的……你看看它究竟会怎样？

从初樱到桃夭，是这种生长的第一步。

第四章

花似茶

茶，是一种白色茅花，茶火连在一起，表示红白相间的戎装，如火如荼，声势浩大。

花似荼，那就是美的盛景，盛况。

花白炫目，花红炫目，花黄也炫目。于是，荼在这里，意思更贴近极致。

美是需要极致的，从羞涩到天娆，再到极致。

"日出江花红胜火，春来江水绿如蓝。"这样的花和水，正是一种极致透彻之美。当美的种子生发出枝丫，枝丫上承托的花朵绽放的时刻，美就以壮硕和灿烂出现了。杜甫有诗："江碧鸟逾白，山青花欲燃。"山色纯绿，红花居然像要自燃。我们生命中也有这样的时刻，当青春满溢的时刻，哪怕窄小的街巷，哪怕窘迫的困境，哪怕辛苦的劳作和血腥的征伐，都难以抑制那由里往外喷泻的光芒。你或者不自知，或者无所谓他人评判，只是一味绽放，绽放，不可阻挡。这是生命涌起高峰的一刹，是浪尖，是塔顶，是爆炸。

汉字灿烂的烂，是极和盛的意思，指光明照彻。"明星有烂。"明亮的星辰有光焰。"烂昭昭兮未央。"光昭然宏大而无边。花似荼，花犹烂。这是茁壮和充盈的美，令人叹羡它的无边无穷和无限。

然而，这样的美烂并不只在青春，它作为一种品质深藏在人的各处。

当年幼之时，你的天真也美烂到极致。人们惊讶于你与俗世的完全隔绝，惊讶于童真的无邪居然不设防御。它可以将成人视为秘密的隐藏暴露在光天化日之下，它也可以将非礼的拒绝袒露得无可厚非。你盼望远行的父亲早日归来，你撕掉了几张日历，就以为将归来的日期提前了。你看见彩虹从城的这一边跨越到海的那一边，你就想渡海去追寻虹根。你给人看家里的储蓄存折，你指出老师写错了一个字，你根本不晓得也有乞丐是戴着面具的恶魔。你的天真屡教不改，直到有一次重重地摔倒，痛到后悔不已才幡然醒悟。然而，天真并不会因为年纪大了，就消失得无影无踪。天真时时会敲开你锁得不牢的防护窗，总要寻着机会探头探脑。一个老太太买了假货，她的天真劝慰她，说只要改善了穷人的生活，那么被骗也是一种施舍。

当壮年之时，你的过人膂力也惊人地挑战着极限。你的步伐不仅没有慢下来，反而更加矫健，更加疾走如飞。青春时那满溢的光华，此刻浸染更深，入木三分。你的眸子黑亮黑亮的，你的头脑在激情之外又增添了理性，你负担沉重的压力愈加不给自己留有余地，你高昂果敢到计算不出寿数。你以为生命好长好长，没有尽头。你比任何时候都舍得花钱，比任何时候都愿意多多工作。你忘记了休息，你突然累倒时一觉睡到天明，那一觉横跨了整整一夜，你竟以为只有分秒一眨眼的工夫。似乎没有谁，没有什么可以打倒你，你相信搏击、奋斗，相信能量、实力。

当垂暮之年，你的满头白发，正似茅花银白，白得没有杂色，如云如雪，这才是真的茶色。红也极致过，白也极致了。那时候你的心肠已经很硬，那时候你的心肠实际上很软。你又读懂了儿时的天真，你顿时沉陷在暮光中回到襁褓。你贪恋生，也准备死，你渐渐地视死如归。

红到头，白到头，极致总能惊倒众人。

亚里士多德在《诗学》中说，悲剧不是悲惨，悲剧是一种震撼，洗涤心灵，最终神圣。

极致是令人震惊的一种美，震惊，故而震撼。花似茶，原来是一种悲剧的美。所以，茶又与毒连在一起，叫作茶毒。茅花之白为茶，茅花之害也是茶。这是一种依靠能量而达成的大美，它不会总在，却从不缺席。如果灰了，脏了，不如彻底涂黑；如果黄了，花了，不如干脆冒红。当你尴尬无助的时候，当你不小心犯错的时候，千万不要涂啊涂啊，这样越描越黑。世间没有比越描越黑更难堪、更丑陋的状态了。我们要学习极致，不要忘记花似茶的品质，朝着事物的极端走去，它也许没有社会价值的善良，但它却可以为你赢得灿烂壮阔的美的尊严。

当西洋绘画在呈现立体的技巧探索中走到困境之时，毕加索性将人的另一侧面直接翻到平面上来，让正面的、侧面的、后面的各个方面都平铺在一个面上。

这样的极致破坏了真实感，却大大震撼了人们的视觉，成为真正的立体艺术。当人物的内心独白难以细致全面地在剧情中陈述明晰的时候，布莱希特索性将它们转换成旁白，让旁白打断剧情，成为间隔的抒情议论。这些艺术上的反常规手段，尽管令人一时不适，但根本上动摇了审美的习惯，利用极致达到升华。

悲剧就是一种升华，由透彻的极端而震惊震撼，夺人眼目也好，粗暴强制也好，归根结底达成了夺人魂魄的效果。

所以，美，也有其暴力的一面。盛大之美，无央烂昭昭兮之美，就是一种专制而强大的暴力，迫使你接受它，顺从它，向它屈膝。

如果你的形体足够美，哪里还有比赤裸更好的盛装？如果你老年时头发足够白，白得没有丝毫杂色，你何苦还要染发？如果你是雄鹰，你怎么能爬行？如果你是利刃，刀鞘怎么藏得住你的凶光？也许你大部分都是温存和谦逊，可是你总有破处是强盛和极致。一个人五短身材，增高器反而让你难堪，不如彻底让它成为粗壮有力。一个胖子，动刀子切腹取脂肪，今天取出来明天又增生，不如放心任由自己吃喝，做一个心宽体胖的弥勒佛。

我是主张后天修缮的，但修缮之功，必以原初之势而修，因势利导，顺势而为，令那些突兀的地方极致起来，也不失为制造一番美的盛景。

花似茶，如茶花，如玫瑰，如牡丹，如锦绣，我们生命的每一个时期中每一份活跃的极端因子，都可以利用起来创造出震撼人心的大美。

盛极之美，美到什么程度呢？

"少年见罗敷，脱帽著帩头。耕者忘其犁，锄者忘其锄，来归相怨怒，但坐观罗敷。"罗敷之美，就是美的盛极，耕田的为看她忘记了犁杖，锄地的为看她，忘记了锄头放在哪里。行人争相观之，罗敷充满了他们的眼眶，占据了他们的心灵。

盛极之美，还能美到什么程度呢？

翩若惊鸿，婉若游龙。荣曜秋菊，华茂春松。

仿佛兮若轻云之蔽月，飘摇兮若流风之回雪。

远而望之，皎若太阳升朝霞；

迫而察之，灼若芙蕖出渌波。

秾纤得衷，修短合度。

肩若削成，腰如约素。延颈秀项，皓质呈露。

芳泽无加，铅华弗御。云髻峨峨，修眉联娟。

丹唇外朗，皓齿内鲜，明眸善睐，靥辅承权。

瑰姿艳逸，仪静体闲。柔情绰态，媚于语言。

奇服旷世，骨像应图。

披罗衣之璀璨兮，珥瑶碧之华琚。

戴金翠之首饰，缀明珠以耀躯。

曹植写《洛神赋》，用这么多词语都难以描摹洛神宓妃有多美。尽管他的言辞中以为，长一寸短一寸，少一毫多一丝都不是她了，但大美如斯，并不是标准化数据化的电脑PS能达到的。盛大的美，不是千篇一律同一个标准的单薄的美，它一定是个性昭彰到极点的独特的美。庸俗不是大美，大路货不是大美。大美的首要之处，在于惊人！什么样的美能惊人呢？只有你从未看见过的美才可以惊人。

我认为曹植这篇《洛神赋》实际上是败笔，他使用了一切庸常的司空见惯的词语来描绘人间难得一见的神仙，无非说她左也好，右也好，空洞的辞藻堆砌而已。还不如说沉鱼落雁，羞花闭月。说姐姐美哭了，说哥哥帅呆了，也比"秾纤得衷，修短合度"要有效果。

盛大的美，并不是没有缺点的美，有时恰恰是缺点到了极致的美。说赵飞燕轻盈，轻盈到可以在掌上舞蹈。这太可怕了，但可怕得令人震撼就不是可怕可以概述的。于是，大美的境界反而凸显了。赵飞燕后来带着她的妹妹赵合德一起侍奉汉成帝，为了消瘦驻颜，竟暗中吞服息肌丸，以致不孕。所有妃后都唯恐不能生下子嗣，唯独这姐妹二人，宁要容颜，不爱权力。她们认为美艳可以维护品级的信念远远大于相信母以子贵的法则。而另一个极端，却是以肥为美的杨玉环，世人所谓"环肥燕瘦"，都是说的极端美。瘦美的极端，仿如二赵；肥美的极端，犹如贵妃。可见，盛大极致之美，并无定论，关键只在于极致，极尽能事，无以复加，顶到头了，必然成为不可忽视的大美。

极端是需要勇气的，需要决绝的坚定，需要赴死不回头的意志。在初樱里我们探讨了美的疼痛，美的代价，在这里我们又看见这代价以不可逆转没有回头路的方式走向极端。美，常常是险境中的博弈。美是危险的，冒着身败名裂的危险，冒天下之大不韪，粉身碎骨，在所不惜。但追求美的人，不以美的代价和险境为灭亡，乃以美的失败为灭亡。美则生，不美则死。因此，生命也以其获得价值而成为生命。没有价值的生命不过是虚无的存在，实现价值的生命才成其为生命。我美故我在。任何在的价值，都是以不在作为边界的，而任何这样的边界又都是以起点的根性作为依据的。没有种子的本来美，无视种子的本来美，即便不惜死亡的代价，也终身与美无关。一切想要借代他人美的躯壳的改造行动，都是不愿付出的廉价空想。所以，那些整容，削骨，打玻尿酸，其实是想便宜获得成绩。在美的事业中，认清本质，依本质而修缮的体验，已然大美。这是以美为生命者的丰厚收获。

以美为目的的，和以美为手段的，归根结底是两种人。前者像赵飞燕那样的人，而后者其实可以想想别的途径，因为美真的不那么容易，真的充满了危险和牺牲。

第五章

枯骨生天浆

石榴，又名天浆，好比从天降下的甘甜果汁。原本中原并无石榴，是汉代张骞出使西域带回来的。《齐民要术》中说："凡植榴者须安僵石枯骨于根下，即花实繁茂。"天浆之甘美，原来得自于僵石枯骨的滋荣。

上一章说了，以美为目的，和以美为手段，是两件完全不同的事。后者好比投美于硫黄湖，于湖中猎鱼。这个世界上，凡拿天赋去换取功名利禄的，都是极穷的人。天赋的聪明，天赋的能巧，天赋的色相，原本是一种额外的馈赠，但出卖给他人，最终必然落得贫贱的境地。试想，美色如玉，削一截短一截，日久所剩无几，容颜衰退，最后堕为丑陋。而另有一些人，以世间所得，滋养天赋，那么，天赋茁壮成长，枝繁叶茂。这其中，养美的人，是境界最高、意趣最贵的。美是一种结果，一种收获，一种价值，非但不应贱卖换利，更应当以所得之利来奉养。你为什么挣那么多钱？为了富裕。你为什么想富裕呢？为了彰显地位。你为什么要高高在上呢？为了众人仰视。众人仰视你什么呢？仰视大美，美不可及。可见，美是一种彰显，彰显价值的最终形式。既然如此，怎么可以将美贱价出卖呢？智慧的人，从来不以美作为货币，而是将货币投入美的事业。

是的，美是需要养的。美不是用于消费和生产的，美是一场无穷无尽的投资。征战为了美，所谓倾国倾城；积累为了美，所谓光耀众人；文明为了美，所谓礼乐大成。只有意识到美是金融，美是社会和个人成就的最高体现，美才会被养成。

甘美的石榴，靠着僵石和枯骨荣发，那么人的美，又靠什么滋长呢?

养人之美，有内养，外养。

内　养

所谓内养，是以本来美的为种子，从人的内里将美的因子充满。

比方当以瘦为美时，怎样才是最有效的瘦身呢?古诗词说，因情多瘦。说一个人多愁善感，多情深情，则瘦如利剑。从现代科学和当代的社会实践来看，人们的脑力活动耗费的糖分和脂肪最多。不但多情，还要多思。情与思占日常活动比例高的人，鲜见有肥胖的。大凡用脑多的人，都比较精瘦紧实。这的确不失为一种上好的内养之道：多学习，多看书，多思考，多交谈，以每日智慧的脑操为运动，要好过单以体操为减脂的锻炼。所以，哪怕学习一门偏僻的小语种外语，以提高分析能力、记忆能力，以活跃脑细胞，都将非常有效地耗费大量多余堆积的赘肉。在当代信息社会里，智性的内养，是美的事业核心的部分。

又比方见贤思齐。古人以为，近朱者赤，近墨者黑，常与贤达能人交往，必然生出向他们看齐的愿望。愿望是一种强大的意志，意志引领的改变，心心念念，逐步深入潜意识，哪怕休息中，意志都在起作用。见贤思齐，见美思齐，要多跟比自己美的人在一起，而不要因嫉妒心远离美人。当你的交往环境中遍布美人的时候，你自己思齐的意志将强大起来，一种高的标准将提升你，匡正你。而实际上，除了你自己的心愿，他人对你的影响也直接渗透到举手投足。那些你周围的美人，他们不会放过你，不会任你不如他们。我说的"不放过你"，并非美人们的自觉行为，我说的是他们的潜意识，潜意识中他们的气场逐渐包围你，直至收拢包围圈，成为一种限制。

内养的方法还很多，当然首先要批判的是"心灵美"。这个心灵美的概念被玩坏了。心灵通天，孰能不美？强调心灵需要美的，一定是心灵被遮蔽久了，丢失了本来就有的美，变得心灵丑了。过多提倡心灵美的人，实际上是消极避世的，是在回避自身的不足，安慰并欺骗自己，仿佛心灵美的实际效果大于肉身美，将心灵和肉身对立起来，成为一种二元隔离的道德审判——心灵美崇高，肉身美庸俗。然而，事实真的是这样的吗？事实上，肉身美可以体现心灵美，而满嘴心灵美却没有行动、躲避现实的人，根本不关心心灵，他们只关心那些描述心灵美的词语，即一些道德规范。道德规范是什么？是他人获得美之后的结果，说得极端点，就是别人的美的尸体。内养当然不否定心灵美，甚至必须从心灵美出发。但内养所谓的心灵美，是对本来条件的发现，是回归初心的内观，并不是外在空洞的道德守则。道德守则不过是道学劝诫，并不是真实的进步和提升。

所谓心灵，本来就美。我们需要做的是拂去世俗的尘埃，拂去强势利益对你的影响。努力地追求五官端庄，努力地追求身形完美吧！这本身就是一种心灵美的实践。只有珍惜美并不惜全部所有来供养美的人，才是摆脱俗气平庸的利禄功名包围的人。

所以，内养的第一要义，一定是工作为了美，而不是美为了工作。工作为了美，就是最彻底的心灵美，因为这是顺从你本来就美的内心的。

美是一种艺术，是所有艺术的尖顶。美是一种财富，是所有财富的浓缩。齐白石的画，是文化之美；你的美，是个人之美。人类文明的艺术以及财富的总和，是需要用美来体现的。比方海伦，我再一次提到这位古希腊的美人，她是整个古代欧洲史诗和文明的顶峰。一切古希腊的成就好比灯油，而海伦是灯，照彻长夜。天不生仲尼，万古未见得黑，但天不生海伦，万古必如长夜！每一次人类的困境，都是初放的梅红和惊鸿的一瞥点亮人心而破局的。多少孤苦而绝望的人，在美的面前失声痛哭，再获重生的希望！

外　养

所谓外养，是借助外界的手段、营养、资源、科技、文化等多种方便，以力助力，让本来美的种子生根、发芽、开花、结果。

那么多外界的手段，什么才适合你呢？适合，从来不来自于他人的决定或者诱导。适合，可以听取他人的意见、建议，从众多的信息中进行选择。而资源和信息越是发达，选择就越成为首当其冲的关键。一切选择和判断，其实都来自于适应种子的根性，是根性决定了选择。

可以供我们选择的，有饮食的方法，健身的方法，艺术生活的方法，衣着的方法，装饰的方法，科技的方法，等等，等等，大千世界中，支持美的生长的方式林林总总。

举一些例子来说，比方饮食的方法。饮食五谷，以养五脏。肺主皮毛，肝开窍于目，脾胃升清降浊，以养面容肌肉，五脏得到安养，外表才有光鲜。比如，鼻唇沟、两颊处，都是阳明经所绕，受脾胃的支配，长期胃热就会令面容焦枯。一切面部松弛、皱纹加深的枯衰，都是从胃热熏蒸开始的。所以，了解医理，有针对地选取饮食，可以从机体根本上养护外表。另外，结合现代营养学的知识来合理安排饮食，也是非常重要的。营养学认为，肥胖的直接原因，是过多摄入糖分、淀粉和动物油，如果减少甚至隔绝这三样东西的摄入，严格以其他食品果腹，那么即使吃再多，也几乎不增加体重。这就不会陷入饥饿减肥的危害了。容颜的美丽，最重要的就是保持活性和光彩，不但要摄入营养，而且要充分摄入营养中的精华。一切衰败，都来自于水枯不养。因此，枯萎需要营养，减肥也需要营养。

再来看看健身的方法。按照本来美的观点，健身并不是要达到市面上烂大街的身材标准，健身的目的是依己优势而长。所以，古人五禽戏的思维，非常有益于我们丰富当代的健身思维。按史书告诉我们的信息，五禽戏是华佗发明的。他说："吾有一术，名五禽之戏：一曰虎，二曰鹿，三曰熊，四曰猿，五曰鸟。亦以除疾，兼利蹄足，以当导引。体有不快，起作一禽之戏，怡而汗出，因以著粉，身体轻便而欲食。普施行之，年九十余，耳目聪明，齿牙完坚。"这是以动物的活动形态设计的健身操，所谓"熊经鸟伸"。人作为高级动物，初生形态就定了方向，有虎头虎脑的，有轻盈如燕的，但都可以根据自己的情况选择其他动物的行为模式来锻炼。这里核心的问题，不是五禽戏有多重要，而是模仿外界的长处或有益于自己的行为模式，构成了绿色健身的当代理念。个人之长可以加以发扬，个人之短也可以由短及长。

还有艺术生活的方式。假如我们把艺术看成是一种修养，或者是一种高雅门槛必备的入场券，那么，我们不但太肤浅，也实际上与艺术没有多大关系了。艺术是关于人的可能性的探索。比如音乐，那是人听觉的极致，人在听觉上可以走多远，走出常人的认识以外多远，构成了全部的音乐艺术。又比如绘画，当然眼下说绘画已经古旧，更恰当地说，是视觉艺术。视觉艺术当然就是关于视觉的极限，人的视觉的边界究竟在哪里，构成了全部视觉艺术的课题。舞蹈，是关于肢体的；戏剧，是关于综合机能的……当我们获得科学而正确的艺术认识观之后，以艺术生活的方式来培养人体之美，才成为可能。因为美，是人类多重可能性的边界探索。皮肤细致的边界在哪里？肢体比例和谐的极限在哪里？姿态和动静的可能性有多少？残缺和不足的机能如何得到修复与提高？等等。这些问题恰恰正是以艺术生活的方式才能最直接也最可靠地得到帮助。

衣着的方法，装饰的方法以及科技的方法，有的直接，有的间接，也有的在不适合的情况下有害，都需要我们根据自身本来美的基础进行甄别、选择。

说一个玉的故事。古书上记载，盗墓贼打开墓穴，见到女尸鲜嫩如生，发现她戴着玉镯，拿掉玉镯后，尸首瞬间干瘪。又有故宫博物院的杨伯达先生说，一个少妇左手戴玉镯，五六年后，戴镯子的左手细洁白润，而不戴镯子的右手已经苍老，对比鲜明，一目了然。可见，玉是可以保持生物活性的，对驻颜、长驻青春，是极有好处的。"得玉臂之，功侔鬼神。"这话的意思是说，得到玉器来环绕手臂，它的功用等同鬼神。可见，民间崇玉、藏玉，以玉养身美容，是有根据的。我这里讲玉镯的故事，目的不是为了探讨玉镯的功效，而是想说明一个道理：无论借助衣饰，还是借助科技，都不是表面的；很多东西，尤其是自然界的原生态万物，与我们是息息相关，可以呼吸相连的；人们在选择某一样帮助自己提升的方式时，一定要注意到己性与对象性之间的活的联系，依靠活性的滋养，才能得到神力的滋养，方可四两拨千斤。否则，南辕北辙，适得其反，最后无功而返。

内养，外养，核心是不与自己作对，依种子根性之势，顺藤摸瓜，找到合乎自我的方式。

内观根性，外求营养。营养滋润根。能滋养每个人根性的营养才是好营养。

所有用来滋养美的东西，一经所用，必是枯骨。枯骨生天浆。不要以枯骨为天浆。装饰和助力都非常重要，不可或缺，但装饰和助力肯定不是美的花果，只是美的肥料。错把肥料当花果，只羡慕手段，走着走着忘记了方向，是这个事业中最大的忌讳。

第六章

染者净

人言"出淤泥而不染"。这话一经说出来，更多被人关注到的是"不染"，而"淤泥"二字却被忘记了。没有淤泥，莲花不长，更不用说染与不染了。莲花的种子和根茎是先染了淤泥才绽放出洁白的花朵的。对于美的认识，从一月的梅花，到二月的樱花，然后四月五月，现在是六月的莲花。这是不同的月份，也代表着不同的认识阶段和层次。

从上一个章节谈到美的养育的问题以来，一个更复杂又更丰富的话题出现在这里。这个话题既关系到美的养育，也关系到美的呈现，美的布局，以及美的智慧。美的养育是一个持久的、不停的、不断深入又不断变化的问题，它在变化和运动中变得多元而立体，变得困难而又诡谲。世间事物起先是简单的，进而变得复杂，最后可能又归于简单。但是以最初的简单就想一步登天地达到最后的简单，是一种不切实际的梦想。简单是为了复杂，复杂又是为了简单。这就是辩证法。从莲花出淤泥而不染的具象入手，就是为了引出美的智慧的讨论。

所谓美的智慧，就是美的辩证法。

美的辩证法要面对美的矛盾，矛盾的正反两面，以及多重矛盾的交织，还有特殊情况的轻重缓急的平衡。

美的矛盾

任何事物都存在矛盾，美也是这样。在开始的章节里，我就说过，美与丑是并行的。首先单面的美在世间是没有的，再说没有丑的美（或者刻意抹杀和掩盖丑的美）是肤浅的。矛盾令美深刻，深刻产生力量。只有带着力量的美，才能征服审美者。如果你是高挑的，那就存在更高挑的，因此高挑中蕴含着矮短，高和矮就是矛盾的两个方面。我们讨论矛盾的两面，绝不是停止在这两面上，而是要讨论两面的相互运动。当高成为矛盾的主要方面时，高就是结果；而当矮成为主要方面时，矮就是结果。有趣的是，高和矮是可以互相转换的。当在一定条件下，不利的因素会转换为有利的因素，曾经矮的这会儿就高了。善于发现美的两面性，并知道如何利用两面转换的人，始终会主导事业的发展，而不至于陷入不能自拔的困境。一些高个子姑娘，往往喜欢留长发，喜欢肃穆冷艳；而个头矮小的姑娘也朝这个方向去打扮，就会露出更多因矮小带来的缺点。如果个头偏小的人，懂得短发和轻快的发型的作用，也善于利用短裙和鲜明色彩的服装，那么，玲珑而活跃的气质因灵动倒容易显出纤巧的优势。当巧的质地中包含了纤，就有高的味道了。自然，再创造一些高的外在条件，矮小的印象就会消除。比如，这时候高跟鞋就很重要了。圆头的高跟鞋一定比尖头的高跟鞋更适合小巧的女子。

这是一个例子。这个例子是为了说明，利用条件，是可以转换矛盾的两方面的，是可以将不利转换为有利的。冷艳的气质适合高挑的人，热络的气质适合小巧的人。冷艳和热络都是条件，条件如淤泥，生莲花而不染莲花。

美的多重矛盾

美的种子中有长短，美的萌发中有迟早，美的展露中有成败，美的养育中有内外。这么历数，至少有四对矛盾。四对矛盾，甚至更多对矛盾同时存在的情况，在人生历程中比比皆是。这时候，光有处理一对矛盾的两方面的能力就远远不够了。面对多重矛盾怎么办呢？哪里是下手之处呢？

多重矛盾也是运动着的，因运动则必然有主次，即多重矛盾中一定存在着主要矛盾。

拿刚才历数的四对矛盾来说，当你对美的问题完全茫然的时候，自然认清本来美、建立美学的基本观念是主要矛盾；而当你需要改变现状，将极为不利的因素去除的时候，那么美的养育则成为主要矛盾。只要你在成长的过程中抓住了主要矛盾，再看清这个主要矛盾的主次两方面，你就掌握了主动权，就可以利用条件和创造条件去转换两个方面。而接下来这个主要矛盾被解决了，那么剩下的诸对矛盾中又会有新的主要矛盾要面临。

辩证法就是这样的，为了让自己始终处在主动地位，就不能偷懒，不能以静止的心态去对待运动发展中的事物。人是活的，随着时间和空间的变化，美忽来忽去，转瞬即逝。今天美了，明天可能就不美了。没有一劳永逸的良方，可以让人一蹴而就地完成美的事业。如果一定要找一种一劳永逸的办法，那么这个办法就是始终不能一劳永逸，始终要运动着、发展着对待活生生的生命。只有变是不变的。

美的轻重缓急

关于美的矛盾和美的多重矛盾，是美的事业中普遍存在的问题。但在普遍之外，还有特殊情况、突发情况和不测因素。

比如我选择了艺术生活的方式来伸展视觉和听觉的极限，为此每天都有音乐课和书法练习。经过三个月的训练，也许听音的敏感度和对外形的把握力会得到提高。假如这正是我目前计划中的主要矛盾，我必须时刻面对，可是，正此时突然事情发生了变化，我得了肩周炎，疼痛难忍，手都举不起来。这时候是治病呢，还是继续练琴练书法？

这个问题就是美的矛盾中的特殊情况。而解决特殊情况的办法，就是轻重缓急的思维。在任何情况下，急迫的、可能置人死地的、难以容忍的形势摆在面前时，只好先解决最急的情况。

一件瘦身内衣和一套减脂体操需要三个月才见成效，可是万圣节的聚会就在今晚七点。今晚七点怎么办？今晚七点要调动最有效的装饰，要请到最能遮掩缺陷的化妆师，甚至还需要能有衬托你气质、甘愿牺牲自己的伴侣同行。那么，就先按此迅速执行吧！

在这个问题上，愚蠢和智慧是泾渭分明的。智慧的人当解决了急迫的问题，当闯过了阻碍的难关后，又会按照战略计划重新回到主要矛盾的解决中去；而愚蠢的人得了一时方便，就会梦想时时有这个方便，以至于丢失了方向，被多重矛盾重重围住，最后前功尽弃。

美的辩证法，还可从一个更超越的层面来谈。

美的真谛究竟是什么？人们为什么沉湎于美？造物主为什么要创造美？我们看到的美是真的吗？

也许美正是一种幻象。某个人的灵丹也许是另外一个人的毒药。"床前明月光，疑是地上霜。"究竟是光，还是霜？因为"举头望明月，低头思故乡"啊！思故乡，而见月光为霜。我思故我在。人常常在客观的世界里由着主观牵引，甚至有时候我们分不清何为主观，何为客观。当思乡之情浓烈得无法摆脱，睡中突然坐起，想到梦里不知身是客，悲怆的心情下，看到一切白的东西，都以为冷若冰霜。如果爱一个人，情人眼中出西施；如果恨一个人，貂蝉的美貌也可以被看成是白骨精的画皮。真的，有时你不得不驻足想一想，我们看到的、以为的美究竟是不是真相！到底莲花是真的，还是淤泥是真的？会不会因为我们太想看到莲花，莲花才长出来呢？不管怎么说，有一点可以肯定，即主观的力量是存在的，不容忽视的，主观造就的美也是一种美。

那么，客观难道是真相吗？有一首歌这么唱道：

很久以来，

花儿都去哪儿了？

很久以前，

花儿都去哪儿了？

花儿都去哪儿了？

都被姑娘们摘走了。

他们何时才能知道？

他们何时才能知道？

很久以来，

姑娘们都去哪儿了？

很久以前，

姑娘们都去哪儿了？

姑娘们都去哪儿了？

姑娘们都嫁给男人了。

他们何时才能知道？

他们何时才能知道？

很久以来，

男人们都去哪儿了？

很久以前，

男人们都去哪儿了？

男人们都去哪儿了？

男人们都去当兵了。

他们何时才能知道？

他们何时才能知道？

很久以来，

士兵们都去哪儿了？

很久以前，

士兵们都去哪儿了？

士兵们都去哪儿了？

士兵们都进了坟墓。

他们何时才能知道？

他们何时才能知道？

很久以来，

那些坟墓都去哪儿了？

很久以前，

那些坟墓都去哪儿了？

那些坟墓都去哪儿了？

坟墓都被鲜花覆盖了。

他们何时才能知道？

他们何时才能知道？

很久以来，

花儿都去哪儿了？

很久以前，

花儿都去哪儿了？

客观是花？是姑娘？是男人？是士兵？是坟墓？还是最终依然是花？我们能保证我们看到的一切和经历的一切都是事实吗？事实就是真相吗？美的种子发轫于美的精神。美的精神是零度和净度的完美。所以，一定是有绝对的美的标准的。而所谓绝对，就是你我他共同的标准。这标准只有作为绝对精神的时候才是真相。真相固然是美的，因真相的美衍生出幻象。幻象可能是客观的，也可能是主观的，但归根结底是幻象。因此，美的成长是从真相到幻象的过程，这个过程中每一处美每一点美都与真相中的美是有距离的。客观不等于真相，主观也不等于幻象，而是主客观的所有幻象都指向原本起初的精神真相。

这个幻象否定那个幻象，这种美否定那种美，人们正是在幻象的不断否定中靠近真相。正像佛经中说的，如梦，如电，如泡影。美在呈现中是泡影，美在呈现之前是真理。泡影本身没有意义，泡影的意义在于证明真理。所以，我们不必执着于某种美的现象，但我们又不得不从一种执着到放弃前一种执着中渐渐靠近本质。这就是美的悲剧命运，也正是美如此吸引人去不断追寻的缘故。花的美被姑娘的美替代了，姑娘的美又被婚姻、男人、战斗和死亡的美替代了，但是，我们命该如此，只能在幻象的泡影中不断破裂，不断裂变，而美正是由这样的幻灭诞生的。

这是美更大的辩证法，否定之否定，由齿轮的凹凸传递下去。或许这就是生的秘密，前面的生，就是后面所谓的死。莲花谢了，也是淤泥。染者净！染者净！

佛经中讲这样一个故事：

那时维摩诘的住处有一个天女，每次看见有人说法时就现出其身，将天花撒向诸位菩萨和大弟子身上。花落到菩萨身上就坠落不沾身，花落到大弟子身上就沾着不去。弟子们即便使出神力，也难以去掉身上的花朵。

那些花为什么只沾弟子而不沾菩萨呢？是因为弟子们还存有分别心。如果去掉分别心，花就不存在了。美的事业也是这样的，修行中有分别心，不论到了哪个地步都只是相对的美，都只是将前一个美当作不足和丑陋。只有去掉美丑分别心的时候,我们才抵达零度和净度的美的精神。那时候,只有美,没有丑;只有完美,没有残缺。

我们怎么才能去掉分别心呢?想去分别心,又是一种分别心。你在泡影中,你只好裂变到下一个泡影。如果你不想在泡影中,这并不是你可以决定的。这是命运,命运既然管着你,那么为什么还要担忧不够美呢?美是一种命运,终究要由浅薄而深厚,单调而丰富,单面而多面,你只消走完这些步骤,自然就会丰满到无缺。无缺而不存在缝隙,也就是虚空了,也就回到了零度和净度。既命定如此,你还分别什么呢?

第七章
合欢蠲忿

到了七月，该是合欢登场的时候了。

合欢，又名绒花树，夜合欢，马缨花。豆科，合欢属植物。落叶乔木，夏季开花，头状花序，合瓣花冠，雄蕊多条，淡红色。

三春过了，看庭西两树，参差花影。

妙手仙姝织锦绣，细品恍惚如梦。

脉脉抽丹，纤纤铺翠，风韵由天定。

堪称英秀，为何尝遍清冷，

最爱朵朵团团，叶间枝上，曳曳因风动。

这是宋词中描写合欢的辞章。

又晋代嵇康在《养生论》中说："合欢蠲忿，萱草
忘忧。"意思是，合欢可以去除怨忿，萱草可以令人忘
忧。这都说的是，这两种草可以治疗情志不遂，令人欢
乐无忧。

美既有初樱之涩、桃红之夭，亦有合欢之雍容、释
然和退让。

说到退让，孔子曾批评他的学生，说只知进不知
退。这可不是一种道学劝说，不是所谓发扬高风亮节，
把好的让给别人，做那孔融让梨的事。退，是一种积
蓄，一种回旋，一种策略，同时也是一种布局。如果美
需要不断进阶，那么退也是一种进。众人皆盛装，独我

素颜，素颜就成了最炫的亮点；将十分的资源去赢取百分的成绩，不如退下来以十取一，那么取一必胜，好过以十当百的紧张、局促和失败。知退者，回旋一步，海阔天宽。这肯定不是一种忍让，而是一种谋略。圣人说，一张一弛，文武之道。张弛得法，方得神力。就像弹性，其实是来自于弹簧的收缩，没有收缩则弹不出去；弹久了，一味往外伸展，弹簧就松掉了。

炫极一时的如火如荼，必然带来审美疲劳，也带来养料和储蓄的过度耗费。养美之事，十聚而一发，生聚的积累远远比尽情地展露重要。像合欢一样，面对停滞、挫折和不足，不要心生怨忿，要去除怨忿。美的天敌，就是嫉妒，就是愤恨，恼羞成怒必定令你功亏一篑。还有什么样子比愤恨更难看的呢？所有的美，都是因为内里充满而流溢出来的。内里满了，满满的欢喜则带来光彩的流露。所以，当缺失的时候，不如意的时候，不要愤恨，愤恨会令内里的储备更加亏损，更加短缺。这时候，只有学习合欢的品格，去除愤恨，吸收养料，以退为进，才是正途。

推让或者退让，低调或者驻守，顿时就赶走了美的大杀手，脉脉抽丹，纤纤铺翠，获得一种崭新的节奏。美是需要节奏的，节奏就是快慢，就是秩序。当你懂得退让和低调的节奏时，那么接下来你就获得了释然。

什么是释然呢？释然，就是将以十当百、非要努劲拼命的那股力松下来。这不是失败和退却，而是面对现实。在国际舞台上做第八十八名以后合算，还是在乡镇的舞台上获得冠军有价值呢？俗话说，宁做鸡头，不做凤尾。释然，就是放松下来，先做鸡头。本属于你的鸡头，如果因为不会放松，将自己的储蓄全部拼光，则凤尾攀不上，甚至连鸡头也没有了。释然，是一种更聪明的精进。步步为营，一步一个脚印，说话好听就先做好说话好听，侧影美丽就先保持侧影美丽，不要因为急于求成而将原本可以做好的都丢失殆尽。美是需要本钱的。这个本钱的概念当然首先与本来美的种性有关，更重要的是，在生长的过程中逐步获得的成功也是本钱。养美也好比做生意，产出要大于投入才好。折本的买卖不能做。释然就是计算本金的回旋，偃旗息鼓，再图东山，亦不失为一种从容之美。

因释然而守得，守住原先已有的，那么必定就有了从容的节奏。人在从容的节奏里前行，便是一种难得的雍容。有时候，养美的事业并没有立刻进行到下一步，只是仍旧盘桓在上一步回旋经营，做利益最大化的盘算，做深层发展的考量，升值的可能性更大。一万块钱，是买一件三线品牌的大衣好，还是买一个顶尖品牌的皮夹好呢？我选择后者，合欢也选择后者。如果你上了年纪，皮肉松弛了，皱纹开始多起来，当然，你需要保养护理，可是不能因为过多的保养护理而放弃机体的维护。幸好，精神头还健，那么先将精神头维持住，先将体态拎起来，先不要因为外貌黯然而再让全身黯然，这样做，雍容的状态就降临了。如果你雍容了，那么皮肉恢复弹性的起点就比别人高了。

所以，去除怨忿，推让而退，因退而释然，因释然而雍容，多么重要！

曳曳因风动，风韵由天定。你相信美的精神吗？你相信人本来就是美的吗？你相信本来美需要拂尘而成长吗？如果你相信，你就释然，你就知道命中有数，美要按照命运的时节渐渐绽放。到时候了，就会抽芽；到时候了，就要开花结果。如果你不相信人人是美的，自己是最美的，那么你的努力始终在搅乱美的节奏，欲速则不达，全部耗费都成了干扰。合欢的品质，是教我们懂得节奏，教我们听美在时间里的声音。你原本是听得到那个声音的，你原本也是知道你自己的节气的。所以，要放下心来，要让放心首先成为高贵的雍容。我曾经在苏州看到那些连绵不断起伏不大的山丘，我在长沙也看见过岳麓山的苍翠浓郁，这些山都不是高岭峨峰，但它们静静地匍匐在地面上，让氤氲之气缓缓缭绕，成为我对雍容最初的印象。雍容原来可以这么美的，气定神闲，幽不见底，像浓绿的翡翠一样，渊渊其渊，深深其深，不轻扬，不飘零。

"给我一双高跟鞋，我将改变世界！"这是上一个时代的时尚宣言。而如今的时尚青年说："我要慢饭。""我要低碳。""让梅花落满南山。"花放的时节，像火一样热烈；花谢的时光，所有花的手都摊开了，长裙铺展在地上，笑容并不阻挡眼泪一泻千里。所以，时尚未见得肤浅。当时尚与美的生长时间合一时，独唱就变成了合唱。静听吧！不要追逐，不要太过匆匆，时尚自会应合你的生息。

西施如清冽的越溪，昭君不甘埋没在深宫，貂蝉愿以牺牲证明价值，而"一骑红尘妃子笑，无人知是荔枝来"，贵妃只关心荔枝，吃上荔枝就好。贵妃胜出！

玛丽莲·梦露肉感，安吉丽娜·朱莉性感，苏菲·玛索牵魂，而奥黛丽·赫本只不过看你一眼，看一眼笑笑而已。奥黛丽·赫本胜出！

你说你没有赫本的丽质，你笑不出来。你错了，你笑一个，笑一个本身就是丽质。这就是合欢的秘密啊！

西方人肩臀宽，身材高大挺拔，穿紧身的衣服，走动感的步子，如玉树临风。而东方人个子偏矮，中年容易发胖，运动起来手脚没有那么潇洒，坐卧间往往还显得臃肿迟缓。但你看那些在樱花下聚餐吟诗的日本美人，她们穿着宽大而厚厚的和服，完全显不出身材，转一下身要几分钟，回眸看你一下似乎树叶都由绿变黄了。可是，就是这样不紧不慢，这样风韵有致，你再也想不起来去看她们的身条，你被一种气氛一种优雅感染。啊，原来美是整体的，不是单面的，如果留出了时间，给足了空间，那么樱花、糕点、饮茗都会来凑趣，都会来增添美的风采。

合欢的意义在于，它启示我们美需要时间和空间，美需要留白。留白真的不只是激发人的想象，留白是让一切美的因子充填进来。你走得那么快，直奔夜场，那么晚霞怎么跟得上你的脚步呢？（你需要晚霞！）你穿扮得那么满，色彩过于浓烈，那么街头的广告色、暮春落英缤纷的斑斓如何能挤进你的身影呢？（你需要街景！）耐心一点，沉着一点吧——看，远方洁白的鸽子正在为你栖落，秋水与长天的颜色已然成为你的背景，再让橱窗里射灯下换季的时装成为你的点缀，还有音乐，你走过的地方难道没有电影的配乐响起吗？推让、释然和雍容，就是这样才给你回旋的余地，让你可以借助你的环境和处境获得意象的大美。这种美深远而全息，丰富而鲜活，留在观者的脑海中，成为永久不去的记忆。

这是意象美和形象美的差异。

意象美中必然有形象美，而形象美未必能成为意象美。形象美是相对静止的，硬性的，数据化尺寸化的。而意象美是运动的，生长的，千变万化的。只消有形象硬性的一点条件，将硬性不足的其他方面全部作为空隙留出来，让环境填充进来，让故事演绎起来，让对象、群体都参与进来，让一切可能以你为中心的条件都来推动你，这样的美，就远远胜出单面的线性的美。我称这样的美，为全息的美。一分条件、三分装饰，再加六分渲染，就是十分完美。古代东方的美学思想和如今后现代的审美观念高度融合。当代最有活力的审美倾向，就是这种以多重元素夹杂起来相互辉映的全息美。全息的美，反对在硬性指标方面做得太满，太满反而没有余地进行渲染。渲染是一种关于美的动感推进，充满着创意的智慧和乐趣，它作为一种打破舞台艺术和生活艺术界限的全新艺术已经在世界各地的青年人心中着陆。它让生活成为演出，一切饰品和物件都是道具，而一切所在地点和活动空间都成为场景。剧本就是创意，创意来自于存在状态。这个状态其实就是"躅忿"，没有不足感，没有缺失感，唯恐过足过满。正由此，怨忿便消除殆尽了，充满内心的，始终是愉悦和恬静。

千万不要以为这是一种心态。本书不讨论心态美、心灵美等虚妄不实的空洞姿态，本书给出的是观念。在这个观念大于技法的艺术时代，思想已经成为推动物质发展的原动力。有多少思想决定了有多少物质的收益。当你具备合欢的"躅忿"观时，你实际上获得的不是心态，而是品质。品质是实在物化的，只是当你的观念还比较保守落后的时候，你并不懂如何把握和享用多元而运动的物化收益。

所以，我一直提倡美是一种成长。

成长的第一要义，就是活着。活，太难把握了，但活，又太有生趣了。传统的美学观点，一般都是以静止和分裂的方式来审美的。把一个对象从整体中分离出来，或者把一个个体从环境中分离出来，又或者把一个时刻从整段历史中分离出来。这种固定性分析性的审美，尽管有利于量化有利于细分，但许多促进和改变的积极因子却被排斥在外，使得美的存在和美的观赏成为一件死的事物。可是，死的事物怎么会美呢？美最可怕的厄运就是死。只有活，才是美的内力。因此说，成长是美的灵魂。零和净是美的精神，成长是美的灵魂。精神和灵魂是两样不同的东西。精神更靠近一种标准，而灵魂是生长的推力。

成长美学的核心是本来美，因为本来美是成长的种子，有种子才能生长，生长而萌发、开花、结果、叶落归根，才是完整的一个成长过程。其间，因为需要成长，个体必然与外界发生联系，从外界索取养料。本书的每一个章节，都按照种性的特异来描述种性的品质，依靠品质来选取养料。所以，外界的养料也不是孤立静止的，养料需要甄别和运用。甄别并运用养料构成了成长最重要的实践。

第八章

有鬼的花

槐花，写作木鬼之花。仲夏季节，槐花点点，如雪如霜。槐花到处都有，街边，林荫道，山坡上，园林一角。它不是什么珍奇之花，于寻常巷陌间，百姓人家中。槐树的皮黑黑的，黑得粗粝深峻，槐树上的花白白的，隐隐地藏着青绿。槐花的花形、香气和状态都是平平的，没有什么夺人眼目的绚丽。然而，槐花却能牵人心魄，它有一种难以言说的力量，让你看过了，难以忘记。

这也许就是槐花之名的来历。

暗藏着鬼力的碎花，不是靠芬芳，也不是靠色泽来吸引你，它靠一种神气来征服你。

槐花的品质，就是鬼之力，就是魅力。

魅力是什么？美征服人，而魅力征服美。魅力往往来自于种性的短处，即并不怎么样的、看起来不起眼的那部分。

一个相貌平平的女孩子，提着一只旧皮箱，从碎雨一池的窄街上走过，生锈的被遗弃的旧汽车在她身旁排列成行。她的袜子甚至是过时的，她的手还有点粗糙，看起来从来也没有玩过像样的玩具，石块和野果陪伴她成长。而这会儿，她要到这个半大不小的城市来闯世界，她说城市之光啊，细如绸缎，她不敢用手去挡，怕一不小心刮破了绸缎。

这样一段舞台开场白，居然将人打动了。这不是剧情的胜利，也不是布景的震撼，更不是演员相貌的出众，这恰是某种摸不着抓不到的魅力的成功。

　　玛丽亚·凯利有一首歌这么唱道：

　　　　我记得你曾经

　　　　在夜晚给我塞好被子

　　　　你给我的小熊

　　　　我紧紧抱在怀里

　　　　我曾以为你很强大

　　　　你克服了很多困难

　　　　很难接受你永远离开的现实

　　　　从没想过我会如此痛苦

　　　　每天生活都继续着

　　　　我希望我能和你聊一会儿

　　　　我好想念你但是我努力不让自己哭泣

时间流逝

事实上，你已经到了一个更加美好的地方

然而我来到这个世界上

看见你的脸庞

就在你的身边

但似乎你离开得太快了

现在最难受的事情

是和你说再见

……

　　这是些很平朴的歌词，没有华丽的辞藻，也没有刻意让诗意凸显的修辞，但念着念着，你就被感染了。

　　这就是魅力的力量，不是用"真诚"这个词汇就可以囊括，可以解释的。也不要把魅力理解为一种气质。气质这个词太虚无，往往用来掩盖败下阵来的处境，用来安慰那些什么都没有的人。魅力就是魅力，连美丽都望而却步。魅力像一种传染病，可以感染你，牵扯你，让你解除一切思想武装。

那么，魅力的内质究竟是什么呢？它以什么资本来超过美丽呢？

自从有了林忆莲，小眼睛也成为时尚。自从有了玛丽莲·梦露，宽短的身材也成为追求。魅力是一种可以影响并改变美的传统观念的力量，它的影响力和感染力远远大于人们的认可力。它无须你的同意，总是超出你的估计，它突然降临就控制了你。它是出奇制胜，它是反其道而行之。所以，魅力的起点一定是既成事实的反面。那些执着保留自己缺点的人，往往可以依靠这些缺点而成为特点。当短处插入短处的时候，是一种失败。而当短处插入长处的时候，就成为魅力。比如，粗糙的手是短处，城市黯淡无光也是短处，这两个短处在舞台上相撞，结果就是糟糕。而粗糙的手，触摸到绸缎般的城市之光，就生出了奇妙，你心中原有的秩序被颠覆了，大厦倾倒，大厦里的情感就外泄了。同样，当日常哄孩子睡觉的场景遭遇生离死别的场景时，眼泪就夺眶而出了。这就是魅力诞生的法则——将短剑插入巨人的身体！那么小的眼睛也含情脉脉，痴情迷离，那么方的脸庞也不弃娇媚羞涩，那么衰老的身体也想抵挡强暴——看吧，多少人为此如痴如醉，因为这一刻，有一股电流经过了全身。

这就是感染，而感染又有一个前提，就是同病相怜。太高大的形象会令人害怕，太妖冶的面孔会令人自卑，反而寻常一些，看起来谁都可能做得到的样子，那样一个形象去完成梦想中的言行，反倒特别容易激起共鸣。这是魅力的第二个秘密，就是共鸣原则。

魅力的第三个原则是坚定。坚定于一种心愿，坚定于一种表达，几近封闭地拒绝他人的影响，成为形成魅力的能量。所以，魅力二字是魅与力，有魅还要有力。执着于一件有过的事情，不论这个事情是成功的、光耀的，还是失败的、无光的，都不能给你带来特殊性。只有坚持那种没有过的事情，才称作坚定。什么是没有过的呢？这个世界上实际是不存在绝对没有过的事情的。所谓没有过，是现在没有过去有，这里没有那里有，或者严格地说，称作"不在场"，不在现时当下的"有"，即是没有。剑走偏锋，横空出世，人弃我取，都是特异性。在类似的特异性上坚定，才是魅力所需的坚定。

反差、共鸣和坚定，三个原则构成了魅力的内质。

这是美的高远境界，不是随便想玩就可以玩的。它首先需要头脑的清醒，认识的深刻。只有充分理解本来美，体验过美的多个成长阶段的人，才能形成魅力，利用魅力。魅力，也是一种反美，更是一种创美。如果不知道美，怎么反美呢？如果不知道既有的美，又怎能创造出未曾有的新美呢？反美不等于丑，丑是非美。反美是美的张力，是美看起来要分裂的矛盾性。同样，创美也不是丑，创美是丰富美，让美获得更多的形式。

魅字，原与"魑"连用，是指山妖，"山林异气所生，为人害者"，"人面兽身四足，好惑人"。这里包含了三个信息：怪异（特别），迷惑和危害。魅力一定是特别的，这一点在前文中已论述过。魅力也一定具有危害性和迷惑性。所谓危害性，其实发自于迷惑性。在英语中，魅力写作"charm"或者"glamour"，意思是迷惑，诱惑，魔力。当人们被迷惑之时，必然是受害之时。所以，魅力是有度的美，这个度没有把握好，人就要沉陷进去，不能自拔。怪异特别的东西能够迷惑人，进而成为一种危害，这是魅力的负面效应。可是，我这里从负面效应的角度论证，可以更好地让人们了解魅力的特质。

在你身上有怪怪的因子吗？你哪里都很正常吗？不。其实每个人身上都存在不少奇特的因子，这些因子多半被我们藏起来或者忽略掉。即便我们发现了，也总是害怕它们，嫌弃它们，更不用说去主动自觉地开发利用它们。当你了解了槐花的品质，懂得了魅力的威力，那么，如果有一根脚趾长一点，有一道眉毛走向很古怪，这都不再会是太令你愁苦的事了。你可以利用起来，作为魅力匕首的刀柄。你开始修饰它们，打造它们，令它们锋利起来，直至刺杀出去。

放射魅力，也叫施行魅术。魅术也叫作媚术。远古的时候，女巫是通过媚术来讨好取悦神鬼的，后来巫的时代终结了，媚术却被保留下来。媚术在我们有文字记载的漫长岁月里，主要是用来魅惑（媚惑）人的。试想一下，那些用来让神鬼迷惑的技术用到人身上，该有多么可怕。前面我们揭示了魅力的本质，由此我们知道，其实媚术并不是什么具体的手段、秘方，媚术的核心原则是利用特别，利用非美的张力。

在艺术美学中，有两种有效的手段。一是吓人，二是动人。动人的境界要高于吓人，但如果连吓人都做不到，就彻底失败了。动人的艺术，在吓人的两端，即起初的动人和最终的动人。起初的纯真，如同初樱一般，肯定是动人的，但最终的动人并不是简单的纯真，它是与美的精神融为一体的净度和零度。去到动人的路有很多条，吓人是其中一条。吓人，就是震撼人，就是迷惑人。

人鱼有美人的面庞，却长着鱼儿的尾巴。谁不知道她是一条鱼呢？可是有人却爱她不能自已。

许仙明知道白娘子和小青是蛇，却宁愿与蛇共舞，甘死如饴。

许多对当代艺术的批评，都不约而同地指向它缺失动人，可是尽管如此，当代艺术以吓人来夺魄的热情却丝毫不减。传统的经典的艺术，在今天的审美活动中仍然占据一席之地，但不管怎样，它的位置越来越靠近博物馆。人们宁可舍弃动人的体验，也要选择吓人的蛊惑，实在值得深思考量。这就是我说的，美可以征服人，但魅力可以征服美。我在前面多处，反复强调道学的劝诫无益于美的事业，美的根底肯定是大善和大真，但美的形式往往与邪恶携手。也许，真理需要一点点邪恶来提醒，也需要暂时的迷惑来相映。这是历来非常让思想界困惑的问题——如果丧失了魅力，美为什么就变得疲软？而如果过分依赖魅力，那么美会不会沉沦堕落？这里忽然引出了善恶是非的话题。这个话题不是美学家探讨的，或许即使不得不由美学家来探讨，它无疑需要更高的辩证思维来把握。

有一点是显然的，在美的精神之下，本来美的种性无疑存在着难以摆脱的缺陷，这缺陷必定与邪恶和错误的距离更近。美的事业正是要克服残缺和过头来日臻完善，可是克服的手段中除了以长制短外，难免也有以毒攻毒。这其实是真善美中真的作用，真是美和善的中保，当美和善以伪美和伪善的面目出现时，唯有真可以使之重归价值判断。真的毒，也好过假的医治。然而，魅惑不是一种假吗？魅惑不是一种假，魅惑是一场惊心动魄的试炼，它带你见世面、经风雨，将美的残酷血腥以张力的方式拉开，好比一张强弩，蓄势待发，身临险境。如果你被吓住了，你就是假的。如果你被吓醒了，你则摆脱了幻象。

魅力是诱惑人也考验人的，所谓战胜这样的诱惑并不是柳下惠坐怀不乱，而是你被激发了，因共鸣而激发，并不因受惑而沉迷。魅力的真正审美作用，在于激发魅力。只有彼此的魅力互动起来，魅力才有用武之地。单向的魅惑，并没有通灵，渐渐就黯淡下去，衰弱下去。远古施媚术，媚神鬼而交通，是要最后与神鬼交感沟通起来的。那么，后来的媚人，当然也是要与人交互起来的。魅力未必动人，但可以感染人、激活人、沟通人。这也可以叫作通人。吓人是为了达到通人的目的。

通人是疼痛的，不通则痛，通的过程要打通关节，所以会特别痛。人在幼稚的状态里，是怯于经受魅力的袭击的。臭豆腐好吃，但闻起来臭。幼稚封闭的心灵，只闻得到臭，却进不到臭中有香的境地。所以，很多成人其实机体成熟了，智力发达了，情感始终在幼稚状态里。这就是不应惑的症状，在恋爱中又叫作不解风情。只有成熟、强大、现实的心灵才感应得到诱惑，才不害怕诱惑，也不至于在诱惑中跌倒。他们受惑而应，以惑对惑，风情万种。

啊，这是多么惊心动魄的较量，多么成熟的美的呼应啊！

槐花就是这样的，鬼头鬼脑的美丽，在你幼稚封闭的心上戳一个洞，让你获得一个机会，将内里封存已久的美流淌出来。

第九章

花中隐士

菊花，被称作花中隐士。"能将天上千年艳，翻作人间九月黄。"国色天香，天香胜于国色。因为是天香，本不该人间所有，这大概就是菊花要隐逸的缘故。可见，菊花的第一品，当是绝色。美丽是随处可见的，但绝色不多见。我们常在报纸杂志上看到，说这个明星天香，那个大牌绝色，我是不大相信的。当一样东西众所周知，又广为传播之时，那一定是非常普通的东西。绝色，是我们通常看不见、遇不到的，它们深藏在人们寻不见的地方，或在山林，或在朝市。常言道：大隐朝市，小隐山林。真正美的事物，已经不需要展示，也不需要证明，拥有者只顾自己慢慢消受，哪肯拿出来与俗世分享？藏匿绝色的地方，可以远在东篱下，也可以近在寻常巷子里。越是到文明昌盛的年月，越是有佳人深藏不露。以前旧时代结束的时候，大家多看到国家满目疮痍，却很少有人知道，在江南的都市里，在上海那样的地方，许多精致的小洋房里藏着千年积存下来的财富和足不出户的绝色美人，所谓金屋藏娇。那个电影进入国门，又日益时行的年代，谁会去当明星抛头露脸呢？如果不是因为出身贫寒，谁愿意日夜在水银灯下被燎烤？凡是在公众场合靠美色换取生计的，一般都是出于无奈。所谓名媛，交际花，才艺双全的美女，大部分根底上都是穷人家的女儿。其实如今也是这样，喜欢热闹，喜欢他人追捧的，绝不会是极品。极品是被收藏起来的，如玉如宝石，秘不宣人，唯恐天下人知道起了贼心。隐逸是一种自我收藏，也有沽名钓誉的，等着身价高涨，但更多的是洁身自好，肥水不外流。

有钱人是不会到处去吆喝，告诉别人他有多么富贵的。大凡讲究排场、招摇过市的，多是唯恐别人看贱他的。上升期需要关注，需要认同，以认同来换取更多利益，而饱和期、成就期，则转入低调，转入沉静，继而淡出。美的事业也是这个规律。真的大美绝色不在街上，不在公共场合，更不在各样传媒上，好莱坞那些明星大腕，美则美矣，看多了千篇一律，不过是泛泛然。

菊花的第二品是素雅。什么是素雅？素就是平常，雅就是正而不偏。素雅就是平正。平正是一种美吗？当然。靓是一种美，炫是一种美，纯真而生疼是一种美，魅力是一种美，然而，所有这些美都有倾向和倚重，都有伸展出去的锋利尖锐的一面。而平正，是拥有所有这些美之后，又要做到平衡不偏向。平正不是平凡、庸常、一般般，平正是将所有奇特和突出交错在一起，是一种高超的布局。雅俗共赏，人见人爱，就是一种平正。谁不喜欢雅俗共赏，老少通吃呢？可是这个境界和格位，并不是将低分的元素摆摆平就做得到的，这个格位首先需要各科都考到高分，不偏科，不瘸腿。大部分美都是局部的，或者整体差不多的，很少有整体各方面都优越无比的。而平正，就是这样一种无懈可击的美。

所以，我们不要轻言素雅。你也许做得到艳丽，做得到雍容，也做得到倜傥，但你几乎是做不到素雅的。拿贫乏和匮缺当素雅，是常人最容易犯的毛病。这个毛病的根子，一方面是因为便宜心思，另一方面则是道学自慰。道学总是钻懒人的空子，拿一些好听的名目骗骗人，混混就过去了。所以，我最反对那些咏菊的诗里，讲什么高风亮节，吹什么不为五斗米折腰。有万斗米，自然就不折腰；有比万斗米更精贵的，一生一世不折腰。平正，是金字塔的尖顶，下面有许许多多实在的奠基和阶层。巧妇难为无米之炊，手中无粮，做什么美餐呢？两手空空，你去平衡什么呢？

　　菊花的第三品是收敛。我们前面历数的各种美品，都是放射状的，而美之所以为美，当然就是一种体现。收敛也是一种体现吗？是的，收敛也是一种体现。收敛之美，在于浓缩，在于提炼，在于去除臃肿。没有收敛，就没有放射。那些硬度极高的宝石，它们的光焰都极为锋利。红宝石和尖晶石很像，但后者硬度没有前者高，放在一起比，就会发现其光软钝。硬度最高的钻石，它的光芒像针尖和锋刃一样，看一眼就被它刺中了，终生难忘。硬度来自于密度，而密度则需要收敛。当分子结构紧密之时，触感和光感的锐化程度就会提高，也就是说，更适合放射。收敛的品格，不是教我们埋没，而是教我们更有力更集中地放射。说美人"鬓如蝉翼"，就是说发丝细密，又细致又清晰，这就是密度。说肌肤白皙，有"肤如凝脂"一词，关键在"凝"字上，凝就是收敛，就是浓缩。松松垮垮的，虚张声势的，看起来好看吃起来难吃的，都是廉价的大路货，经不住时间的考验，也经不起磨难的周折。美的事业也追求硬度密度，要有耐久性，持续性，要经得起世事风霜的摧折，要经久而不衰不坏。白玻璃闪耀，白水晶闪耀，白钻石也闪耀，这三个不同的闪耀，是一回事吗？白玻璃有的，白水晶也有，但白钻石有的，白水晶和白玻璃都没有。美的事业需要眼光，水塘子里的鱼是不懂大海里的游龙的。鱼儿总是把游龙的事情当作神话，当作"高尚情操"，听听而已，并不当真。所以，收敛常常被误解，被误解为忍让。收敛不是慈善事业，收敛是征战，是出兵前的炼剑，是我自岿然不动，任尔兴风作浪！

美的隐士原来是这样的，收敛为了紧致，素雅为了平正，绝色为了自享。一般的美是开启审美的旅行，而隐者的美，本身就充满了审美。

如何获得菊花的品质呢？我们又回到了隐逸的话题。正是隐逸，才可塑造菊花的绝美。隐士，即隐逸的士。士的意思，指读书人，有学问的人。以前有人解释，说隐士是隐而不仕的人，隐逸起来，不出来做官。这个解释不准确，因为士的本意就是学人。可见，想要隐逸，必须有学养，空空的肚子，为什么要隐逸呢？满则逸，满腹诗书的人才选择隐逸。《南史·隐逸》中说："须含贞养素，文以艺业。不尔，则与夫樵者在山，何殊异也。"这话的意思是说，隐者，须包含元贞，用以滋养平正，同时要以文化积淀来经营专业。不然，就跟山野砍柴的樵夫没有什么两样了。樵夫是被弃荒野，隐士乃自觉远离喧闹。

隐逸的需求是饱学，隐逸的资格也是饱学。只是学问并非文凭，学问也不单是书本。尤其在如今互联网信息爆炸的时代，人们获取学问的途径比之前多得多，获取学问的效率也比之前高。所以，当今真正的学问家往往要高于传统学府中出来的学子。人们正在以全新而惊人的方式成为饱学的人，同时也正在以不可思议的多重路径隐逸起来。

隐逸者又是如何修行深造的呢？《南史·隐逸》又说："皆用宇宙而成心，借风云以为气。"与宇宙和风云呼吸共存，以天然为书本，为参照，师法自然，师法造物。的确，自然是一切知识的源头，所谓"源知识"，如果有能力吸收自然的营养，当然不需要人间的老师帮你咀嚼吞咽。

在美的事业中，除了前面我们说到的养身的方式、装饰的方式、艺术生活的方式、全息动态的方式等等，依然根本上还缺不得学问的方式。我们不要一说到学问就想到摇头晃脑地学富五车的样子，这是学问的标签而已。真正的学问，一定是从生活中、实践中和广泛的信息中而来的。现在说书本就太小了，因为人类曾经发明书本是为了承载和传递信息，如今信息植入互联网高速公路，这比书本的威力大多了。书本有的它都有，它有的书本却没有。在这么方便的一个时代，还有什么理由拒绝学习呢？还有什么理由不尽快利用学习来更好地推进美的事业呢？

行千里路，阅万卷书，纵横无限网络，拜石头、白云和山川为师，这是多么恬适的境界啊！左思有诗曰："惠连非吾屈，首阳非吾仁，相与观所向，逍遥撰良辰。"惠指柳下惠，就是那个坐怀不乱的柳下惠；连指鲁仲连，辩才第一，急公好义。柳下惠和鲁仲连都是以仁义之名推销自己的人。惠连非吾屈——他们都不是我屈意要做的人。首阳二字，指伯夷、叔齐宁可饿死在首阳山上，也不食官禄的典故。首阳非吾仁——他们的舍身全节也不是我的追求。后两句的意思是，我只求徜徉逍遥，怡然自得啊！

以往做一个隐者，成本可能需要一生的用功。而如今做一个隐者，时间上大大缩短了，途径上大大便捷了，只看你愿不愿意。你但识得隐逸的好，知道要修成宝石一样的密度、硬度和净度，你自然不应拒绝隐逸的实践。鲍照说："酒出野田稻，菊生高冈草。"要从粮食中提炼出酒，要从野草中上升为菊，那么，隐逸一定是一条极好的路，它带你"采菊东篱下，悠然见南山"。

菊的绝胜之处又有何玄妙，要引人非以隐逸为选择呢？陆游说："菊得霜乃荣，唯与凡草殊。……岂与菊同性，故能老不枯。"老而不枯，青春永葆，恐怕是吸引人的关键。菊性耐寒，犹似玉石耐压、耐敲、耐打击。菊花看起来色泽缤纷，但不惧霜雪严寒；美玉看起来柔润光滑，实际上坚韧胜过钢铁。谁愿意做一朵娇媚而软弱的花呢？转瞬即逝，风吹便谢。说自古红颜薄命，那是因为内里没有积蕴。世上没有长盛不衰的花，但世上可有盛开长久的花——让凋谢来得慢一点，最慢最慢，青春最大化，或者说，即使年迈也不失青春的能量。菊花也许不适宜用来象征青春，可是青春有的菊花都有，有哪一种少年会好过不失少年韵致又饱含晚年遒劲的年岁呢？青春并不是美的全部，青春也未必就是最好最美，面对菊花般的老年，青春的风采看起来太单薄，太稚嫩，太不入趣了。一个落后的地方，未开化的区域，十八岁以后就算中年了。而在那些发达国家里，二十四岁以前不许驾车，十八岁进大学的门，然后游历、恋爱、尝试极限挑战，一直到三十五岁本科还没毕业。贫困寿短，老得快，必须在生命结束以前完成娶妻生子功名利禄；而富足长寿，时间也过得比蛮荒地区要慢。十八岁就一跃成为万众瞩目的明星？太可笑了！你可以看到，在越发达的国家，人们心目中的美人年岁越大。这并不是追求成熟美与追求青葱美的风格不同，这是养一个人的速度问题。究竟是快养好，还是慢养好呢？就像种稻子一样，精耕细作，一年一熟；急功好利，一年可以三熟。自然，一熟的米要比三熟的米好吃。所以，这是一个观念问题，持落后愚昧观念的人，是看不懂五十岁的青春的。同样，富足而安详的人们，也是不能理解九岁就要嫁人的残酷的。

菊花是花中的隐士，美中的藏品。藏品要深藏细养，要放慢时间，要经得起岁月的梳理。待珍品养成之时，美的光泽，就像沉香一样，汩汩而出，不绝不止，只会更浓郁，更芳醇，而不会一闪而过，昙花一现。

第十章

芦似霜雪

好了，我们现在可以来谈谈美的返璞归真了。

你们有没有看过深秋燕地的芦花？一望无际，风送百里。站在高冈上望去，层层叠叠，前推后涌，像是天上的云铺展到地面上来了，湖水就是天空，天空却成了倒影。当晨昏水汽上来的时候，雾蒙蒙的，不知花生雾，还是雾生花。飞禽从花丛中穿过，犹如水墨挥洒在白色的卷纸上，点点滴滴，写下几行缺字的诗句。

芦花如棉，芦花似霜雪，芦花是胸中回肠荡气的波澜。春的颜色和夏的鲜明顿时消失了，像一场集体褪色，渐渐淡去，有次序地消隐，直到洁白，直到无色，直到透明。

这就是质朴啊！起初的纯真不同于此刻的质朴。质朴是一次卸妆，也是一次融妆。此刻我忽然懂得：没有装饰是最美的，利用装饰是为了达到消除装饰。因为当一切装饰与你呼应到一起的时候，装饰便不是外在的添加，而是你生命的一部分。它们与你交融一体，像是你身上长出来的东西，成为美的伸展和延续。芦花就是这样一种花，它的存在，让秋水共长天一色，让落霞与孤鹜齐飞。这样的秋天，你会遇见霜，也会淋到雨，偶尔也会有一场先到的雪，可是它们都是芦花的化身，甚至月光和晨昏的阳光也参与进来，与芦花长在一起，难拆难分。

闵子骞的继母虐待他，用芦花给他填在衣服里。冬天，他驾车出去，因冻得不行，无力驾驭，车跌到沟里。他父亲用鞭子抽他，衣服被抽破了，露出了芦花。芦花是做不成棉袄的，穿芦花做的棉袄是要冻死人的。可见，芦花这东西，一点用都没有。

　　美跟芦花是一样的，都是没有用的东西。越美越没有用。但等你的美升华到芦花的境地，你就无用了。不要问，这美用来娱情吗？这美让生活充满阳光吗？这美因为和谐而稳健吗？不，它什么用也没有，它只是存在着，显露出来，令人流连忘返，感动得唏嘘涕泣。因为这时候的美，它再也不是灵光一现、拨开阴云的美，也不是奇峰突起、惑人心智的魅力；这时候的美是动人的美，心心相印，不分你我。动人是一种力量，它打动人心，让心中与美同质的东西钻出来，连观者也顿时美起来。

　　而这个世界上可以动人的，唯有质朴。

质朴究竟是什么呢？质朴不是无华，也不是匮缺，更不是处境破落。质朴是本来美中最优秀的那一部分，无须打造，无须修饰，或者它可以将一切修饰融化，进而提高修饰，放大修饰的原质。玉行里有一句话，叫作"好玉不雕，雕玉不好"，意思是一块完整的璞玉，是天工开物，是完美的极致，人工已无从下手。而一块雕刻成艺术品的玉，倾尽玉工心思的玉，往往本来的质地并不怎么样。我这么说这个问题，并不是在此又自相冲突地否定美的成长，否定后天的努力，而是想揭示一种本质，一种优点中最佳的本质。进一步说，一块有缺陷的玉，玉工只会选择需要改善的部分去下刀，再怎么有缺陷，也会存在一点优越的部分。而这点优越的部分，早已由天工神斧雕琢过，玉工是不会去碰它的。

所以，讨论质朴的话题，并不是说有一种完美全然的质朴，也并不是否定本来美的立论。本来美就是充满缺陷的，就是长短不一的，但充分认识那些长处的部分，是很有必要的。前面的章节，我们集中分析和讨论了如何修饰、如何雕琢，为此，我必须留出这个章节来说一说天然玉成的品质。谈天然玉成，其实归根结底还是在谈成长。我们洞悉并熟知质朴的品质，才可以比较出达不到这个品质的部分，由比较知道差距，由差距才进一步懂得如何选择达到质朴的方式。如果你没有最优秀的标准，你的成长模式的选择和目标的锁定都会成为问题，都会偏离或者逆向。

质朴的品质，包含三个不可或缺的元素：纯粹、成熟和厚重。

纯　粹

纯粹，不等于纯真，不等于单纯。纯粹是无瑕，没有杂质，干净透彻。这种美是对抽象的崇敬。十七岁，鬓如蝉翼的头发是一种纯粹；七十岁，满头雪花的银发也是一种纯粹。后者经历了岁月和世间万千尘埃，结果依然以纯粹的积淀呈现出来。一万里的铁轨是一种纯粹，它以铁元素为主同时包含百分之几的其他元素，却以不纯的铁的一万里相同的比例而丝毫不变为纯粹。纯粹是一种格式，也同时是一种形式，保持这种绝对的状态而不欺，成为一种法则。虚空和极度饱和，看起来是同一样东西。空气和透明钻石一样明澈，但内质是完全不同的。

纯粹也可以理解为一种经典，每到冬至要吃饺子，千百年不变，连饺子馅儿都不变，连大小和捏花都不变，就是一种经典，一种纯粹。

但是单纯不是这样的，单纯更多是指一种态度，一种倾向，一种没有遮掩的真实表露，表露不够经典不够纯粹也是单纯。所以，单纯有时也叫作纯真，真实无虚。

纯粹是一种质地描述，单纯是一种存在状态。分清这两者尤其重要，这关系到成长中我们选择什么方法。对于单纯，最需要的是保护和养育，而对于纯粹，最重要的是不要画蛇添足，不要恣意改变，或者由着它自然生长来放大你的优势。你赞美它吧，除了赞美还是赞美，除此以外，你并不能做什么。

纯粹有时候又叫作地道。字典里解释"地道"，说是"没有异物，纯正的，未掺杂的"谓地道。地道的川菜，地道的拉丝珐琅景泰蓝工艺，地道的冰天雪地的北国风光，都是纯粹。一丝不苟地追求地道的人，令人钦佩也令人讨厌。因为纯粹太难得了，想一想，努力一下，就可以了，万万不能奢求。

成　熟

成熟就是圆润、周到、饱满，它不是用岁月可以描述的，它更多的是一种空间和容量的饱和，而不是一种时间。就好像秋叶从青绿到橙黄，最后红透了。透是一个关键字，由里及外，从上到下，全部贯彻了，没有余地。前面的章节中，我使用过一个字"烂"，烂就是熟透的美，毫无生涩，质地均匀。

尼采说："许多人的所谓成熟，不过是被习俗磨去了棱角，变得世故而实际了。那不是成熟，而是精神的早衰和个性的夭亡。真正的成熟，应当是独特个性的形成，真实自我的发现，精神上的结果和丰收。"对了，他又在强调精神，为什么先哲们都那么喜欢强调精神？我们不妨将"精神"二字从他的话里移去，换成"品质"二字，这样反而好理解多了。的确，真的成熟并不是世故，而是独特质地的全面壮大。

果实成熟的标志，不是颜色美丽了，而是味道甘甜了。当树木结出果子的时候，果子除了有甘甜的滋味，还有沉甸甸的分量。面对成熟，花样百出的精彩退场了，材料的厚重感成为主导。

厚　重

老子说：“含德之厚，比于赤子。”厚重是一种质量，而质量居然像赤子一样纯净。这里又说到了“纯”，只是这个“纯”实在与单纯的“单”联系不上，与纯真的“真”也相去甚远。这里的“纯”，就是质量的丰厚，充实。充实的东西，实诚得很，浓厚而沉重，你搬不动它，绕不过它。芦花看起来是轻的，滚滚而来时，一层又一层，覆盖了，又涌现上来，实际上是重的。所以，厚重需要积累，点点滴滴，集腋成裘。

质朴的这种厚重，是与生俱来的，从天而降，是天赋人性的垂恩。天在千万年积累中，聚天地精华，钟灵毓秀，不是人在后天有限的时间中的经验。我们每个人来到世上，多少都带来一些厚重的质朴，因为厚重，这部分一般都难以被俗世的外力推动。厚重就好像一件配重的铁砣，它稳固个性，限制个性的游移，成为我们在万千世相中不迷失的保障。前人描述玉，说"精光内蕴，厚重不迁"，如果没有厚重，那么玉性就漂到石性上去了。

厚重的东西，不利于灵性的跃动；但厚重的东西保持住的都是来自于天性的美好，为什么要跃动呢？

魅力可以养成，雍容可以养成，天冶也可以养成，唯独质朴不是养出来的，质朴是被我们寻见的，被我们守住的。

美国诗人斯奈德写过这样一首诗，诗名叫作《诗是怎样来找我的》：

它跌跌撞撞，绕过

夜里的巨大砾石，受了惊吓般

停脚在我篝火的范围以外

我去迎接它，在那光的边界上。

质朴由着我们去发现，质朴也像诗歌一样会来找我们。发现质朴和等待质朴找到我们，其实并没有因为质朴的不可养成而出离成长的课程。

当玉工反复观察璞玉的时候，他必然寻见那神光乍现、无须雕琢的地方；当玉工精工细作、倾尽构思的最终时刻，那天然无憾的部分也会如诗歌一般，"绕过夜里巨大的砾石来到我们身旁"。是的，你必须去迎接它，"在那光的边界上"。

你千万不要慢待它，忽视它，瞧不起它，将它错看为美的底层，它是无为而治早已成就的至美。你走路不美吗？你睡觉不美吗？你会哭会笑会伤心会舒心不美吗？你需要学习的是，在这些以外，你其他的言行动静都能像呼吸、吃饭一样自然吗？你的行走带得动忧郁、焦虑、复杂和骄傲吗？你的哭笑带得动所有其他细致入微的情感吗？待你生命中的一切都如同你天然玉成的那部分一样收放自如，那么，你的美便大大成就了。因为到那个时候，你哪一样举止不是自然流露的呢？

这就是本来美的终极，本来稚嫩地来，最后满满地带着行走此生和此世的所有经验归顺本来，一点痕迹也没有——下雪了，就下雪了；春花秋月就是春花秋月；生病了就是生病了；挫折了就让它挫折吧；成功了发迹了就让它成功发迹吧！世界本来的样子，大美本来的样子，都是没有人为牵强的样子，一切人所经历过和努力过的都是要达到再无须经历和努力的样子。

本来也是本去，当去等于来，也就没有了来去。出发终归要回去，原来前行的路都是回头，只是回归的时候你带着满满的收获。这就是我始终强调的成长。你怎样才算长成了？你无须再长的时候才算长成了。无须再长，就是填满了你的人生。美的成长，正是将缺陷补足，又将过头的部分拉回来的完整过程。在你开始这个旅程之初，那先于你的美的精神已经规定下净度和零度的圈限，这个圈原本是空的，最后是满的，但等满到没有任何空隙的时候，满就跟空看上去是一样了。空的空是一种抽象的概念，而满的空是由具体上升到精神了。这个时候，如果我们停下来说一说精神，应该是可以的。

美的返璞归真是昂贵的，天意起初不是给的太少了，恰是给的太多了。我们是照着天意的吩咐去成长的。如果少一点，吩咐就少一点。如果多一点，嘱托就沉重一些。一切长短缺盈都是等量的，在格局小的身体中有等量，在格局大的身体中又是另一番等量。

第十一章

醉与毒

"昔作芙蓉花，今为断肠草。"说神农尝百草，最后是吃了芙蓉花被毒死的。芙蓉花美胜牡丹、茶花，待值花期，沿江而开，灿似锦绣。它的美与后蜀花蕊夫人的故事交融在一起，传为佳话，也传为伤心事。花蕊夫人与蜀主孟昶日日沉湎于佳馐仙饮、奇珍异宝和歌舞花宴中，临到宋太祖赵匡胤的伐军兵临城下时，竟"十四万人齐解甲"，"不能东向发一矢"。宋军入了蜀宫，寻见一件七宝美器，献给太祖，细看居然是一件

163

便器。太祖感叹道："盛屎尿的罐子都以七宝装饰，那吃饭饮酒的器具该有多奢华！"孟昶被押到汴梁后，不久便暴病而死。后人猜测，是被赵匡胤毒死的。毒死他，为了宠幸花蕊夫人。花蕊夫人的美艳，可谓一顾倾城，再顾倾国。她还能词善歌，留下《花蕊夫人宫词》一百多首。

花蕊夫人究竟有多美呢？说她花不能比，甚至拿花蕊来比喻都显得不堪。她入了宋宫，当太祖与她谈诗论曲时，她巧舌如簧地说："当日蜀主亲谱《万里朝天曲》，令我按拍而歌，以为是万里来朝的佳兆，不料竟是万里来朝太祖的谶语。"以此讨好新君。而另一方面，她又躲在寝宫，私画一张孟昶的像，日日叩头礼拜，心中不忘旧日恩爱。

花蕊夫人被封了贵妃，博得了太祖的欢心。花蕊夫人也因废立太子的事得罪了太祖的兄弟赵光义，在一次狩猎中，被暗箭射死。

芙蓉花看来不是什么吉祥的花。当年正是因为花蕊夫人的偏爱，成都才遍植芙蓉，花开之际，有四十里锦绣如画的盛况。四十里锦绣，并没有换得半里福祉，结果换来一万里降宋归顺的旅程。一百首宫词，也没有换来帝王家长久的荣华富贵，而最后换得的是一箭毙命的悲惨结局。

这就是芙蓉花神花蕊夫人的命运。说美色，有谁比得上她玉骨珊珊；说才情，谁能像她且歌且舞，讨尽新君旧主的欢爱！

美且美矣，但美中有毒素。芙蓉花是恶之花。

法国诗人波德莱尔著名的《恶之花》将邪恶与美丽的冲突发挥到极致。

　　她的手和小腿，她的大腿和腰部，

　　光亮如油，天鹅般起伏，

在我敏锐而从容的眼前闪过；

她的腹部、她的乳房，我的串串葡萄

（《恶之花》第二十三首《首饰》）

为了浇灭我的怨恨，

在从未束缚过心灵的乳房

那迷人的顶端，我要吮吸

忘忧草与美味的毒芹。

（《恶之花》第三十四首《忘川》）

她草莓般的嘴巴不禁流出

浸透了麝香的话语：

——我，我有湿润的双唇，我懂得那门学问：

如何在床榻深处失去古老的良知。

我用我耀武扬威的乳房擦干所有的眼泪，

我使老人们发出孩子般的笑声。

谁看见我一丝不挂、赤身裸体，对于他，

我就可以取代月亮、太阳、天空和星辰！

（《恶之花》第一百三十八首《吸血鬼的化身》）

那"串串葡萄"，那"忘忧草与美味的毒芹"，那"使老人们发出孩子般的笑声"，这样的美将人逼到了死角。

那时候的巴黎，从路易皇帝到革命时代，骄奢淫逸，一路腐臭。然而，恶所催放的花，以其尊贵的姿态而傲立，从未缺席。

玛丽·安托瓦尼特，路易十六的皇后，她拥有一头金色波浪卷秀发，嫣红的双唇，吹弹可破的雪肌，迷人的双眼，她以迷恋珠宝和放纵于盛大的宴会沙龙而闻名。她正是法国的花蕊夫人，巴黎最后一朵芙蓉。1789年大革命后的第三年，她被押上了断头台。行刑前，刽子手粗蛮地剃光了她的头发。而她不小心踩到刽子手的脚时，却说："哦，对不起，我不是故意的。"她依然在最后的时刻保持住雍容和典雅，仿佛那些对第三等级极不公平的压迫的奴役，正是促成这份高贵的养料。临死前一天晚上，她给儿女们留下遗书。目前，这份遗书保留在法国国家博物馆，参观的人们还能在发黄的纸页上窥见她写信时滴落的斑斑泪迹。她给后代的忠告是："永远不要为父母的死报仇。"

这绝对是一份优雅的美，而且还充满着宽恕。但是这也无法抹去她作为大封建主的残忍和邪恶，正是残忍邪恶与优雅宽恕并行，才令人冲突，令人思绪万千。

既然美的精神以零度和净度作为标准，既然善总是美的起因和结果，那么恶究竟是什么呢？恶与美到底保持着一种什么关系呢？

老子《道德经》里说："道可道，非常道；名可名，非常名。无名，天地之始；有名，万物之母。故常无欲以观其妙，常有欲以观其徼。此两者，同出而异名，同谓之玄，玄之又玄，众妙之门。"这段话非常著名，众人皆晓。但我们很少注意到其中两句关于"妙"和"徼"的话。妙指的是事物的精微处，而徼指的是事物的边界。人在无欲的状态中可以观知事物的至小，人在有欲的状态中可以探究事物的至大。无论至小还是至大，都是事物的极限。恶是一种有欲的状态，是穷奢极欲，它引领人们向外发散，触及至大的边缘。大美如斯，四十里锦绣之大美，在于恶的驱动，恶带你探及美的边界和顶峰。

"使老人们发出孩子般的笑声"，就是一种极致，一种淫欲的极致。人们在各种活动中所到达的边界，究竟有多远？究竟在哪里？哪里才是尽头？也许根本没有尽头，但对尽头的好奇，以及对尽头的不断触及，构成了人类全部的知识。美的事业也是其中一部分，也遵循这个法则。当我们从生涩之美小心翼翼开始的旅程到达一个高阶段时，我们不得不面对恶的问题。

恶其实更多的也是一种道学判断。在不同的社会标准里，恶的概念也是不同的。所以，我们抽象而虚妄地议论恶，实际上是没有多少价值的。我们不妨将恶、毒、醉当作一种载体，当作极限的某种借喻去理解，这样会更有益于我们有所真实的收获。

醉是喝酒后的状态，从酣到醉，那么，醉以后又是什么呢？是癫狂？是失态？是不省人事？如果你没有勇气去尝试，你至少应该去想，去间接地了解这方面的体验。当你认识到醉的极限状态，你即使不到那里，你也会退回来对醉本身，或者比醉更低一级的酣有更好的把握。

毒，有更不同于醉的属性。是药三分毒，换句话说，如果你不借助药物的毒性，你甚至治不好病。毒已经到了死的边界，往前走半步，就可能性命不保。但毒，居然离奇地让人复生，获得生命的延续。

恶，如果摆脱道学层面的审判，从体验角度讲，更准确的定义，应该是厌恶。凡令人厌恶的事物都是恶的。令心理厌恶，令生理厌恶，令社会厌恶，令某一族群厌恶，等等。在社会中，法律和道德限制人陷入恶的境地，但是我们必须对恶有所了解。你可以做令生理厌恶的事来转换成社会厌恶层面的经验，或者你也可以做某个族群厌恶的事来从其他族群中获得认可。这样，多少你就有了恶的体会。你可以感受到恶的力量，也可以了解恶被利用起来的效果。俗话说，知恶行善。对恶有充分了解的人才能更好地珍惜善、维护善，并理性地计量出善恶的得失。美也是这样的，知恶求美，知丑求美。这是何等悲壮而又不可抵挡的力量！从丑恶的边界归来的人，他的一声叹息，一个亮相，一抬头一回望，那岂可与原初的常态等量齐观？同样是站一站，走两步，曾经沧海难为水，那个能量是可以四两拨千斤的。

是故，花蕊夫人做得到一顾倾城，再顾倾国。是故，玛丽·安托瓦尼特皇后温软的道歉削钝了刽子手的锋刃。

芙蓉之品，简言之，即恶毒二字。如果神农不尝恶毒，天下哪来百草经。我不入地狱，谁入地狱？

芙蓉之品是教我们从死亡中了解生命的，也是教我们从边界中衡量距离的。恶毒打开了我们关于美最后的眼界，知道美的精微和美的界限的人，无论他身处美的什么段位，他的美总是跟别人不一样。他拥有深刻、广博、敬畏和无限的惆怅，这构成了他在简约中的复杂，在魅力中的平常，在平凡中的奇峻，在静态中的动态……比刽子手更大的杀人犯可以有宽恕的姿态，弄脏裙子的人敢把裙子中干净的部分剪下来当手帕用，窃钩者诛，窃国者侯，一切都看你的格局和容量了！

芙蓉之品是一种格局，它并不要求你有多大多深，它要求你因知大知深而回旋有余。买过爱马仕的人买一块蜡染，才能尽显街头工艺的美。山楂树之恋不是纯洁，是因为没见过金树银树，见一下银树就不要山楂树了，见一下金树又不要银树了。说金树银树不可能打动我，我心已坚，独爱山楂树，那是骗人，那是谎话。人生的考验诡谲而凶险，同床的人忽然做起不同的梦了，手足同胞一夜之间互相残杀了。你敢说，不管什么风浪，不管什么严峻的考验，都夺不走你的山楂树之恋吗？矢志不渝的人是没有的，矢志不渝的人又是有的，当你在大风大浪中没有淹死，你才可能在小河小沟里救人。美的事业真的就是一场旷日持久的战斗，它需要无尽的弹药、反复的演习、不同的恶境来锤炼。所以，美，绝对不可能用心灵美、气质美、有文化、有修养这些疲软的概念来自欺欺人。美是一种能力，有先天的禀赋，也有后天的所得，有多少能力就有多少美。强调本来美不是否定资源对美的支持，恰恰相反，本来美比任何美的观点都倾向于资源的博取，只是本来美提供了一个正确的方向来有效利用资源。方向大于努力，如果方向错了，即使全世界的资源都归你，也无法获得美的成绩。

芙蓉之品并不违背道德，也并不支持邪恶。芙蓉之品带你看到罪恶，教你直面罪恶，又让你直接与罪恶交手，这样，你就勇敢了，不害怕了，有了美的定力，能更好地坚守本来美中珍贵的部分。只有吃过亏的人，才珍惜他的本钱；只有失去，才知道原有的可贵。

让我们再次回到花蕊夫人私画孟昶像的场景——这时候，宋太祖忽然闯入，看见夫人正在跪地叩拜一张画像。画像上的人他不认得，但见眉眼清俊，其间有一种神情仿佛似曾相识。他问夫人拜的是谁。夫人回答说，拜的是张仙，虔诚供奉可得子嗣。太祖听后，大喜，说："妃子如此虔诚，料张仙必定会送子嗣来的。但张仙虽掌管送生的事，究竟是个神灵，宜在静室中，香花宝柜供养，若供在寝宫里面，未免亵渎仙灵，反干罪戾。"可怜那些宫里的妃嫔，听说供奉张仙可以得子，便都到夫人宫中照样画一幅，供奉起来，希望生个皇子，从此富贵。不久，这张仙送子的画像，竟从禁中传出，连民间妇女要想生儿抱子的，也画一轴张仙，香花顶礼，至今不衰。如此，孟昶九泉有知，也一定会十分感念花蕊夫人了。后世有人咏此事，吟一诗道：

供灵诡说是神灵，

一点痴情总不泯；

千古艰难惟一死，

伤心岂独息夫人。

第十二章
自怜的美仙子

在古希腊神话里，有一个少年叫作纳西塞斯。他出生后，他的母亲得到神谕，说他长大后会成为天下第一美男子，但他会因迷恋自己的容貌，郁郁而终。为了逃避神谕的应验，纳西塞斯的母亲刻意安排儿子在山林间长大，远离溪流、湖泊、大海，为的是让纳西塞斯永远无法看见自己的容貌。纳西塞斯如母亲所愿，在山林间平安长大，而他亦如神谕所示，容貌俊美非凡，成为天下第一美男子，见过他的少女，无不深深地爱上他。然而，纳西塞斯性格高傲，没有一位女子能得到他的爱。

纳西塞斯还有个双胞胎妹妹，两人感情很好，但他的妹妹很年轻就去世了。纳西塞斯很想念她，一天，他来到河边，从河水中看见一个美人，他伸手，美人也伸手；他笑一下，美人也报以娇笑。他以为那个美人就是他妹妹，其实，他并不知道那只是他自己的倒影。就这样，他待在河边久久不肯离去，郁郁寡欢，直到最后死去。

众神出于同情，让他死后化为水仙花。这就是为什么水仙总是靠着水边而生的缘故。

终于到了十二月，一年最后的一个月。这个月是属于水仙子纳西塞斯的，一个高傲而孤独的灵魂。

水仙的花品，在于孤芳自赏。这不是一个贬义词，这个词包含了遗世独立的精神。天下有各式各样的美，但有一种美，不但绝胜，而且还与众不同，特立独行。

"我要一种美，特别特别的美，又必须是别人没有的，只有我才有的美。"你在人群中忽然听到这样的声音，你回头望去，你分不清说这话的人是女人还是男人，他远远地站在那里，孑然一身，却果然美艳非凡。

怎样的美可以令人孤芳自赏呢？那绝不是被遗弃的美，绝不是没有人要的、只好自我安慰的美，那是一种充满，一种无可替代、又无需补充交互的美。我们谁也不是纳西塞斯，谁也不可能像他一样形影相怜到宁死不屈的地步，但我们谁都可能获得这样的品质，进而自赏这样的品质。在前面经历了我叙述的各种美的体验后，我们特别需要获得水仙子的品质，来让自己达到一个更高的美的阶段。这是对平庸的拒绝，对随众的否定。

在水仙的花品里，孤独是第一要义。因为孤独而排斥，而拒绝。拒绝又带来升华，主客交汇，融为一体，即美与审美成为一件事。

孤　独

　　孤独不是个性。谁没有一点个性呢？当你强调个性的时候，正是你处在一无所有，只好光屁股说事的窘境中。在本来美中，我们生来就被赋予各自长短不一的个性，个性就是原初的状态，而孤独不是这样的。孤独是也许你跟别人一样，你也要出离，你通过出离来生长个性。你越是出离，越是强大，越是不可复制。孤独不是原初的，孤独是后来的，后来的一次选择。你因为饱满，有相当的质量，你才有资格做一次这样的选择。你确定了你出离之后只会更好，你才毅然决然地出离。所以，孤独是主动的，被动的叫作寂寞。寂寞是不甘的，是寻找到同类之前的单独状态。我们不要庸俗化解读孤独二字，把孤独廉价地看成是与众不同、标新立异。孤独是不管跟你们同不同，都要做一次隔绝，用隔绝来静养生息，来将已经获得的内质提纯、积淀、析出。

孤独，在中文里解释为"孤者为王"，王者高瞻远瞩，自我评判，不需要任何人的认同，更加不需要任何人的怜悯。王者需要在一个平静的环境中独行。孤独不是压抑中的空虚和寂寞，它是一种圆融，在圆融中自我完善。孤独是高贵的，孤独者是思想者。当一个人孤独的时候，他的思想是自由的，他面对的是真正的自己。人类一切重要的思想，都源自于孤独。所以，孤独，在美的事业中，造就着美的思想。

拒　绝

孤独者拒绝，用拒绝的姿态将自己包裹起来。这就像酿成的酒需要封存一样。封存才能醇化，才能积蕴馥郁，成为好酒，等开瓶的时候，独占鳌头。

孤独中的拒绝显然不同于逃避、回避和故作姿态，孤独的拒绝以隔绝的形式排除毒害，抵御入侵，防止异化。其实，十月怀胎的过程非常接近这种拒绝，胚胎已成，精虫再也难以植入子宫，子宫作为防护和基床孕育胚胎生长，到胎儿成形之时，生产分娩而见天日。

因害怕、因抵触的拒绝跟因孤独的选择而拒绝是完全不同的。前者是因为怯懦、软弱和空虚，后者是生聚孵化的必经之路。也许你不是孤独的王者，但一个人成长的过程中会多次选择拒绝，选择封存，这类主动的有抉择的自闭是成长必须付出的代价。自闭越久越深，孕育的果实越甘甜。

学会拒绝的美，才可能获得升华的机会。

升　华

拒绝的目的是为了升华。升华简单地讲，就好比在学校里升级。在电脑应用中，升级就是软件的性能更加优越了，功能增加，路径便捷，效率提高。美的升华，也是让你身手不凡，从简单跨越到复杂的过程。这个过程不只是吸收，更重要的在于消化。孤独，通过拒绝来达到升华。

我们着重讨论的是美的成长，无论涉及外形、文化、内涵、表现形式等诸多方面，一个主旨不变，就是成长和壮大。在成长的历程中，内化的孵化是可以带来质变的。质变会带来什么？质变带来的，绝不是肌肤美白指数、容貌和谐结构、全息动态变量等分项分类的变化，质变带来的是整体全局的面貌一新。

为此，孤独的课程是不可或缺的。我们从水仙花品入手谈这个话题，是为了不要错误理解孤独，也不要狭隘理解孤独。

孤独不是个性，是个性的生长发育。孤独不是光怪陆离、另类小众的游戏，孤独是人人皆有并人人应当不懈追求的升华的前提。

既然谈到了纳西塞斯，他是在形影自赏中成仙的，那么，最后我们来谈谈自赏。

英式摇滚中出了一种形式，乐评人称之为"自赏"，但英语拼写为Shoe-gazing，意思是"盯着鞋子看"，盯鞋。乐手们在台上玩，只盯着自己的鞋看，无所旁顾，全然醉心于自我的乐器演绎。自赏派进而也特指那些声响吵闹并且冗长而沉闷、乐器充满阵阵的失真和密集的回授效果、歌声和旋律被吉他音响声墙所淹没并无法分辨各种乐器之间音色的音乐。这类风格的代表性乐队有不少，我记得有两个乐队的名字很有意思，一是"血色情书"（My bloody valentine），一是"繁茂"（Lush）。

血色情书、繁茂和盯鞋，这几个关键词很亮眼。自赏不同于不断反叛不断革命的摇滚努力，他们似乎反倒愿意回到过去，陶醉于吉他音乐的自我天地。严格地讲，这不应该算是一种流派，而更接近一种情趣。孤芳自赏，孤独而成为芳华，进而自我欣赏。好像没有那么简单。纳西塞斯是在水面上看见了自己英年早逝的妹妹，他以为自己的倒影并不是他自己，他将美和审美交融到一起，顿时主观和客观之间的隔离消除了。当人客观地去看，结果却看到的是主观，这是一种什么体验？我们以为镜子里的人是别人，结果是自己。秦朝宫殿里有一种镜子，叫作"照骨莹"，它可以将照镜子的人的五脏六腑和骨骼都映照出来，像是现代的X光透射仪。照骨莹照见的，究竟是自己还是他人？或者是另外一个自己？本质上的自己？虚幻的自己？难道镜中的是真实，镜外的是幻象？为什么纳西塞斯看见水面上的倒影会认为是他人，而我们照见水面中的影子会认为是自己？神话原本的解释，是因为他太自傲了，他看不上所有的人，只以自己为美。但是，我们不要忘记，这个神话从开始到他照见自己，之前他并没有看见过自己。也就是说，他把自己当作他人，并不是出于自恋，恰是出于恋他，恋一个绝对在他心目中最美丽的形象。我们继续推想下去，如果他知道水中的倒影就是他自己，他会怎么想？哦，他会想，我太美了，我从来就不知道最美的人唯有自己！这时候才可能进入所谓的"自赏"。所以，不论是纳西塞斯，还是自赏派乐队，他们都是以己为他的"自赏"。这类自赏根本上并不是欣赏自己，而是无知觉地错把自己当别人。"繁茂"，真的很繁茂啊，当自己繁茂到这个地步，当乐队的吉他失真、回授和人声交织在一起，分不清彼此的时候，主观和客观的对立就消除了。主客观的合并，其实就是二元对立的终结。一生二，二生三，三生万物，现在是万物归三，三归二，二归一了，这是令人喜出望外的结局，人们终于结束了分裂和对抗，精神物质融为一体，是非善恶融为一体，真假虚实融为一体，壁垒消失了，美无所谓美，丑也无所谓丑了。

　　当自赏不是自我欣赏而是分不清他我的欣赏时，

美就被封顶了。我这么说，绝不是故弄玄虚，我是先揭开品质的核心，再说达到品质的路径。这本书从前到后，一贯如此，并不做玄而又玄、高不可攀的卖弄，不跟你谈什么境界啊境界，只想做给你看体验的尝试。自赏也是一样的，听起来玄乎，分析起来并不深奥。你留意自己的成长史，你会发现，你有很多时候实际上也是不分主观客观的，你常常把主观的愿望当作客观，你也常常恍惚于所面临的客观，以为是梦境，以为是臆想。你有更多的时候，完全处在没有主客观观念的生命状态下，比如陶醉，比如兴奋的高潮，比如得意忘形，忘乎所以……这样的瞬间片刻的体验，稍纵即逝。然而，美的事业需要你回顾，需要你自觉地去捕捉，一俟你捉到并按理性去分析推导时，你就获得了进入的方法。你会问，我捕捉到了，进入了，又有什么用呢？是啊，这有什么用呢？这真的没有什么用！可是，你忘记了，美就是一件最无用的东西啊！当你产生你的美完全无用、不置可否的体验的时候，你的功课就修成了。这时候，你会像纳西塞斯一样，面对着水中的倒影惊叹：这是谁呀？哪里来的这么美的人！

纳西塞斯最后是郁闷而死的，这是一个版本的说法。我还找到一个版本，他是因为长久地看着美人，不能自拔，最后想拥抱美人而跃入水中，被淹死了。我更喜欢也更相信后一种版本。因为既见美人，云胡不喜？怎会抑郁寡欢呢？美让他欣喜若狂，让他忍不住要去触摸，才是合乎情理的。痴情专意于美，到了没有区分的地步，不惜赴死去达成，这终于感动了众神灵，他们合力将他化作水仙子，让形影交融，上升为新的形态。

美的人就是这样，心心念念，锲而不舍，精诚所至，金石为开，终于有一天你分不清主体客体，你看和被看都是同一件事，你已经无须去追求美，美也不会再来诱惑你，你就是美本身，你已然与美合为一体。你就是美，美的人，人的美。